Gerald Durrell (1925-1995) est né en Inde. Frère cadet du romancier Lawrence Durrell, il a consacré sa vie à la défense des espèces animales en voie de disparition. La création du zoo de Jersey et du Wild Life Preservation Trust, ses livres truculents et ses séries d'émissions télévisées l'ont rendu mondialement célèbre. Le récit de son enfance en trois volumes, *La Trilogie de Corfou*, a paru à La Table Ronde en 2014 et a été adapté en série télévisée (*La Folle Aventure des Durrell*).

La forêt ivre

DU MÊME AUTEUR

Ma famille et autres animaux, trilogie de Corfou I, La Table Ronde, 2014.

Oiseaux, bêtes et grandes personnes, trilogie de Corfou II, La Table Ronde, 2014.

Le Jardin des dieux, trilogie de Corfou III, La Table Ronde, 2014.

Mon amie Rosy, Éditions Héros-Limite, 2013.

Le Aye-aye et moi, Petite Bibliothèque Payot, 2002.

GERALD DURRELL

LA FORÊT IVRE

Traduit de l'anglais par Mariel Sinoir

Traduction entièrement révisée par Leïla Colombier

LA TABLE RONDE

Titre original : *The Drunken Forest.*
Première publication : Stock, 1972.

editionslatableronde.fr

Pour ma femme
Jacquie
en mémoire de Prairie Pigs
et des autres bichos

Note de l'auteur

En 1954, nous partîmes, ma femme et moi, pour un voyage de six mois en Amérique du Sud. Nous avions pour objectif d'explorer le pays afin de constituer, à l'intention des zoos d'Angleterre, une vaste collection d'oiseaux et d'animaux rares à protéger. De ce point de vue, le voyage fut malheureusement un échec, et cela à la suite de circonstances imprévisibles. Notre voyage était composé de deux volets. Nous devions gagner d'abord la Terre de Feu, pointe extrême du continent, pour y capturer des canards et des oies pour le Severn Wildfowl Trust. Arrivés à Buenos Aires, nous apprîmes que nous tombions en pleine période de vacances et que tous les avions à destination des lacs d'Argentine et de la Terre de Feu étaient complets depuis des mois. Voyager en bateau se révélait tout aussi compliqué. On n'arriverait jamais à temps pour la capture des oisillons et il nous fallut renoncer à cette partie du voyage. L'autre partie consistait à se rendre au Paraguay, à y passer quelques semaines le temps de collecter des animaux, puis de regagner Buenos Aires par petites étapes, en suivant les rivières du Paraná et du Paraguay. Hélas, ce projet fut lui aussi contrecarré, cette fois pour des raisons d'ordre politique. Ce qui fait que nous quittâmes l'Amérique du Sud assez déçus de ne ramener, au lieu de l'immense collection escomptée, que quelques spécimens. Mais la plupart des échecs comportent leur bon côté, et c'est ce que je vais entreprendre de conter ici.

Je dois préciser que notre échec ne résultait en aucune façon d'un manque d'assistance et que, bien au contraire, tant au Paraguay qu'en Argentine nous n'avons eu qu'à louer la gentillesse et le concours de tous ceux que nous avons approchés. C'est pourquoi nous avons tenu, à la fin de ce livre, à leur exprimer notre profonde gratitude.

Saludos

Le navire entrait lentement dans le port de Buenos Aires tandis que, accoudés au bastingage, nous admirions la vue de la ville qui semblait progressivement se refermer autour de nous. Les gratte-ciel se dressaient dans un ciel d'un bleu intense, telles des stalagmites multicolores, et leurs millions de fenêtres paraissaient autant de projecteurs. Fascinés par ce spectacle, nous ne nous étions même pas aperçus que le navire était amarré depuis un moment le long des quais bordés d'arbres, au pied de ces buildings énormes dont l'image miroitait sur les eaux noires. Ce qui nous arracha à nos méditations sur l'architecture moderne fut l'arrivée d'un homme qui ressemblait si étrangement à Adolphe Menjou qu'un instant je me demandai si nous étions bien au sud du continent américain. D'un air hautain, il se fraya un chemin à travers la cohorte des émigrés qui gesticulaient et criaient en exhalant des senteurs d'ail, et se présenta à nous. Il avait une expression calme et une apparence immaculée que la température extérieure rendait plus surprenante encore.

— Gibbs, de l'ambassade, se présenta-t-il en souriant. Je vous ai cherchés partout en première classe. On ne m'a pas dit que vous voyageriez dans la cale.

— Nous l'ignorions aussi, répondis-je, jusqu'à ce qu'on embarque, mais c'était trop tard.

— Le voyage a dû vous paraître plutôt... étrange, risqua M. Gibbs, pensif. (Il toisa du regard un paysan espagnol de forte stature qui venait de cracher avec vigueur sur le sol à deux doigts de sa chaussure.) Et plutôt moite, j'imagine.

Ce M. Gibbs commençait à me plaire.

— Oh ! Ça, c'est rien, répondis-je d'un air dégagé. Vous auriez dû voir quand ça secouait dehors : disons que c'était carrément humide.

M. Gibbs eut un léger frisson en signe de compassion.

— Vous allez apprécier d'être à quai. Tout est arrangé. Les formalités de douane seront rapidement expédiées.

Ma sympathie pour M. Gibbs se teinta de respect en voyant l'aisance avec laquelle il évoluait à travers les bâtiments de la douane, souriant aux officiels et échangeant un mot avec eux, par-ci par-là. Il sortit de ses poches d'interminables formulaires couverts d'une foule de cachets rouges, et notre étrange bagage traversa grâce à lui la douane comme par miracle ; dix minutes plus tard, nous nous retrouvâmes, toutes formalités accomplies, devant la file des taxis qui attendaient à l'extérieur. L'un d'eux nous prit et nous fonçâmes à travers des rues aussi larges que l'Amazone, bordées de gratte-ciel, d'arbres et de jolis jardins. À peine une heure après notre arrivée, nous étions installés dans un appartement élégant, au sixième étage d'un immeuble qui dominait le port. M. Gibbs, lui, était reparti à l'ambassade sans doute pour accomplir quelques miracles supplémentaires avant le déjeuner. Après une demi-heure passée à percer les mystères du téléphone argentin, nous eûmes enfin le grand plaisir d'annoncer notre arrivée à toutes les personnes pour qui nous avions des introductions. Elles étaient nombreuses, car mon frère avait passé un certain temps en Argentine et m'avait donné – sachant pourtant très bien dans quoi il les entraînait – l'adresse de ses amis. Peu de jours avant notre départ d'Angleterre, j'avais reçu de lui une carte postale sur laquelle étaient griffonnés ces quelques mots: «N'oublie pas, quand tu seras à Buenos Aires, de prendre contact avec notre meilleure amie Bebita Ferreyra, 1503 Calle Posadas. C'est un amour.» C'était le genre d'informations auxquelles mon frère m'avait habitué. Nous appelâmes donc Bebita Ferreyra. Sa voix me fit d'abord songer au roucoulement d'une palombe. Puis je me ravisai: c'était le roucoulement d'une palombe dotée d'un solide sens de l'humour.

— Madame Ferreyra? Ici Gerald Durrell.

— Oh, vous êtes le f-f-frère de Larry? M-m-mais où êtes-vous? J'ai téléphoné à deux reprises à la douane pour savoir si vous étiez arrivés. Voulez-vous venir déjeuner?

— Nous en serions ravis… Peut-on se rendre chez vous en taxi ?

— Certainement. Je vous attends vers 13 heures. À tout à l'heure.

— Ça m'a l'air d'être une femme extraordinaire, dis-je à Jacquie en raccrochant.

Je ne pouvais pas être plus loin du compte.

À 13 heures, on nous fit entrer dans un appartement immense donnant sur une rue tranquille. Les tables du salon étaient couvertes de livres et de magazines en plusieurs langues sur la peinture, la musique, la danse. Sur le piano étaient négligemment posées des partitions d'opéra, mais aussi de Chopin, et le choix des disques était tout aussi éclectique : Beethoven, Nat King Cole, Sibelius et Spike Jones. Même Sherlock Holmes aurait été en peine de tirer une conclusion de tous ces indices. À un mur était accroché un portrait de femme d'une beauté renversante, coiffée d'un grand chapeau. Son merveilleux visage rayonnait de calme et d'humour. Un visage qui correspondait à la voix que j'avais entendue au téléphone.

— Tu crois que c'est elle ? demanda Jacquie.

— Probablement, mais le portrait doit remonter à quelques années. Ça m'étonnerait qu'elle lui ressemble encore.

Un bruit de pas rapides et décidés se fit entendre et Bebita entra. Le portrait était loin de rendre justice à sa beauté, qui était celle d'une déesse grecque.

— Je suis B-b-bebita Ferreyra, nous dit-elle, et l'expression amusée de ses yeux bleus laissait entendre qu'elle comprenait notre étonnement.

— J'espère ne pas vous avoir importunée par notre appel, dis-je. Larry a beaucoup insisté pour que nous vous rencontrions.

— M-m-mais j'aurais trouvé injurieux que vous ne l'ayez pas fait.

— Larry vous envoie toutes ses amitiés.

— Comment va-t-il ? Cet homme est un ange. Vous n'avez pas idée de l'ange qu'il est, roucoula-t-elle.

Bebita, je le découvris plus tard, décrivait ainsi tous les gens, qu'ils fussent exquis ou haïssables. Mais, à ce moment-là, je m'étonnais un peu du choix de ce terme pour décrire mon frère. De tous les qualificatifs possibles, c'est le dernier qui me serait venu à l'esprit. Nous tombâmes sous le charme de Bebita dès cette première rencontre, et ne devions pratiquement plus quitter son appartement où nous avons fait les repas les plus succulents, écouté de la musique, bavardé de tout et de rien en nous amusant beaucoup. Très vite, nous en vînmes à nous reposer presque exclusivement sur elle. Quelle que fût l'extravagance de notre requête, Bebita trouvait toujours une solution.

Les premières difficultés surgirent trois jours après notre arrivée en Argentine. Nous apprîmes que nous avions peu de chance d'arriver en Terre de Feu. La compagnie aérienne fut courtoise, mais décourageante. Si nous voulions bien attendre une dizaine de jours, il y aurait peut-être une annulation, mais ils ne pouvaient rien garantir. D'humeur maussade, nous décidâmes d'attendre. C'est Ian qui, nous voyant si déçus, nous suggéra de faire un tour à la campagne plutôt que d'errer dans Buenos Aires comme des âmes en peine. Ian était un vieil ami, rencontré en Angleterre pendant la guerre. Dans un élan d'enthousiasme irréfléchi, il avait insisté pour que je vienne recueillir certains spécimens en Argentine. M'ayant assuré de tout son appui, il nous avait à présent sur le dos. Il fit donc appel aux Boote, ses cousins qui étaient propriétaires d'une *estancia* près de la côte, à une centaine de kilomètres de la capitale. Ces derniers, avec la générosité et l'hospitalité légendaires des Argentins, répondirent qu'ils seraient ravis de nous recevoir.

C'est ainsi qu'un matin, de très bonne heure, la voiture des Boote vint nous chercher. Extrayant sa carcasse efflanquée des profondeurs de son siège, Ian nous présenta une ravissante blonde assise sur la banquette avant, et qui n'était autre qu'Élisabeth Boote, la fille de nos hôtes. Elle était fort jolie, mais nous ne tardâmes pas à découvrir qu'elle était aussi dotée d'une prodigieuse capacité de sommeil ; elle arrivait à s'endormir partout, à tout moment, quel que soit le vacarme autour d'elle. Cette qualité étonnante nous incita à la surnommer Petit Loir. Elle s'en offusqua, mais ce surnom lui resta.

Fourniers et chevêches

L'Argentine est un de ces rares pays où l'on peut s'arrêter à mi-chemin de n'importe quel trajet, et voir aussi clairement son point de départ que son lieu d'arrivée. Aussi plate qu'une table de billard, la pampa s'étale devant et tout autour sans limite apparente. Rien ne vient interrompre ce déploiement d'herbe lisse, si ce n'est, ici ou là, les taches pourpres des chardons ou celles, plus sombres, de quelques arbres.

Laissant derrière nous les faubourgs de Buenos Aires et ses gratte-ciel pâles qui miroitaient dans la brume, pareils à d'étranges formations de cristal, la route s'élançait comme une flèche à travers les prairies. Ses bas-côtés étaient recouverts par endroits de buissons grêles au feuillage vert pâle et aux petites fleurs dorées. Celles-ci étaient si minuscules qu'on ne pouvait les distinguer de loin, mais leur masse donnait à chaque plante qu'elles recouvraient une sorte de halo rayonnant. De ces buissons s'élevaient des tyrans à longue queue, petits oiseaux au plumage noir et blanc et à la queue incroyablement allongée. Leur vol était très particulier ; à chaque plongeon, les plumes de leur queue s'ouvraient et se refermaient à la manière de ciseaux. Parfois, un caracara chimango majestueux au plumage brun et blond traversait la route, porté par ses lourdes ailes.

Au bout d'une heure environ, nous quittâmes la grand-route pour nous engager sur une piste sillonnée d'ornières, bordée de part et d'autre d'une clôture. Je remarquai de curieuses protubérances sur chaque piquet de la palissade qui semblaient faites de boue séchée. Elles me rappelaient les nids de termites que j'avais pu voir en Afrique, mais il me semblait peu probable que des termites vivent à ces latitudes. Je m'interrogeais encore sur ces protubérances quand, soudain, en sortit un oiseau qui ressemblait par sa forme au rouge-gorge anglais avec son gros ventre et sa queue robuste. De la taille d'une grive, il avait la poitrine roux clair et le dessus du corps rouille chaud. Un fournier. Je compris aussitôt que ces curieux petits monticules de boue séchée étaient les nids construits par cet extraordinaire oiseau, à la fois architecte et maçon. J'appris par la suite que le fournier – qui est le plus commun de tous les oiseaux d'Argentine – est aussi le plus attachant ; ses nids sont une des particularités du paysage au même titre que les chardons géants.

La piste s'incurvait vers la mer et nous pénétrâmes dans des terres marécageuses. Nous roulions entre de larges fossés remplis d'eau et, sur l'herbe dorée de la pampa, des taches d'un vert chatoyant, entourées de roseaux, révélaient l'existence d'autres étendues d'eau. Fourniers, tyrans à longue queue et chimangos laissèrent place aux limicoles et aux oiseaux aquatiques. Des kamichis gris cendré, de la taille d'un dindon, s'élevaient des bas-côtés de la route dans un vol puissant et disgracieux et tournaient en lançant leur «houieup» flûté, tandis que, sur les plans d'eau immobile et scintillante, des canards filaient comme des hommes d'affaires replets essayant d'attraper leur train. Il y avait de minuscules sarcelles grises, très coquettes avec leur bec bleu acier et leur calotte noire; des canards spatules, cet oiseau lourd, dépourvu d'expression derrière un bec immense en forme de bêche; des nettes demi-deuil au plumage impeccable, luisant de noir et de gris, dont le bec semblait tout juste trempé dans une flaque de sang; des ternes hétéronettes à tête noire nageant discrètement comme pour passer inaperçues, étrange hypocrisie de la part d'un oiseau qui, à l'instar du coucou, dépose ses œufs dans le nid d'espèces assez crédules pour les adopter, les couver et les éduquer à leur place. Des groupes de hérons s'étaient rassemblés sur les espaces boueux, ainsi que des foules affairées d'ibis falcinelles dont le long bec recourbé et le plumage endeuillé contrastaient de façon étonnante avec l'exubérance dont ils faisaient preuve en se chamaillant et en pirouettant dans les trous d'eau. Parmi eux, des groupes plus petits d'ibis rouges dont le plumage éclatant se détachait sur celui, plus sombre, de leurs cousins. Sur les étendues d'eau plus vastes glissait, lent et superbe, un escadron de cygnes à cou noir dont le plumage blanc comme de l'écume tranchait si nettement avec leur cou finement arqué. À cette troupe majestueuse se mêlaient, tels des courtisans, quelques coscorobas blancs trapus et sans allure qui sentaient la basse-cour. Dans les hauts roseaux, des flamants perchés sur leurs longues jambes cherchaient leur nourriture : tête baissée, le cou recourbé comme un grand S rose, ils avançaient méthodiquement sur les eaux sombres, dans lesquelles leur silhouette se reflétait. Enivré par la magnificence de ce banquet avifaune, je sombrai dans une sorte de stupeur ornithologique, ne voyant plus que chatoiements de plumages, éclaboussements sur l'eau lisse et mouvements d'ailes.

Brusquement, nous quittâmes la route pour plonger d'un bond dans un sentier étroit, reluisant de flaques d'eau, qui traversait un bois d'eucalyptus géants ; puis nous longeâmes une construction blanche, longue et basse, qui aurait pu être une ferme anglaise. Sortant du sommeil dans lequel elle était plongée depuis la sortie de la capitale, Petit Loir Boote promena sur nous ses yeux bleus et rêveurs, et dit dans un bâillement discret : « Bienvenue à Los Ingleses ! »

L'intérieur de la maison possédait un certain charme victorien, avec son mobilier sombre et massif, ses murs aux papiers peints fanés auxquels étaient accrochés des massacres, ses corridors dallés et l'odeur délicate et un peu astringente que répandaient de hautes lampes à pétrole. On nous avait installés, Jacquie et moi, dans une chambre qui, bien que spacieuse, était entièrement occupée par un immense lit sorti tout droit du conte d'Andersen *La Princesse au petit pois*. Ce lit évinçait tous les autres lits, vaste comme un court de tennis et épais comme une meule de foin, un lit voluptueux qui, dès qu'on s'y étendait, vous enveloppait ; sitôt plongé dans la douceur de son duvet, on se sentait glisser dans un sommeil si merveilleux qu'on eût tué quiconque aurait tenté de l'interrompre. La fenêtre donnait sur la pelouse et sur des rangées de petits arbres fruitiers, et elle était encadrée de plantes grimpantes dont les fleurs bleues retombaient comme une frange. Suspendu parmi les fleurs, et exactement dans mon champ de vision, se trouvait un nid de colibri, petite cupule grosse comme la moitié d'une noix qui renfermait deux œufs blancs de la taille d'un pois. C'est ainsi que, voluptueusement installé dans la tiédeur du lit monumental où je venais de passer ma première nuit, j'observais, tout en buvant mon thé matinal, le couple de colibris : la femelle couvait gentiment ses œufs, tandis que le mâle virevoltait parmi les fleurs bleues, telle une étincelante et microscopique comète. On comprendra aisément que la position de sybarite dans laquelle je me trouvais accentuait mon intérêt pour les colibris, mais Jacquie qui n'était pas dupe et voyait que mes connaissances sur les *Trochilidae* n'y gagnaient pas beaucoup, m'arracha sans ménagement à l'étreinte de mon lit et me força à m'habiller. Je m'exécutai et, outré à l'idée que Ian, lui, dorme encore, je longeai le corridor menant à sa chambre, bien décidé à l'extirper de son lit. Je le trouvai en pyjama et en poncho, ce vêtement argentin si pratique qui ressemble à une couverture avec un trou au milieu par lequel on passe la tête. Accroupi sur le sol, il tirait sur une mince pipe en argent, laquelle baignait dans un petit pot rond, en argent lui aussi, et plein d'un liquide sombre et assez répugnant sur lequel paraissaient flotter des brins d'herbe.

— Salut, Gerry! Tu es levé? me dit-il, un peu surpris, tout en tirant vigoureusement sur la pipe d'où sortit un gargouillis semblable à celui d'une minuscule baignoire en train de se vider.

— Qu'est-ce que tu fais? demandai-je d'un air sévère.

— Tu vois bien. Je prends mon maté, me répondit-il avec un nouveau glouglou. Tu veux essayer?

— C'est cette fameuse infusion?

— Oui. Et on en boit aussi souvent que le thé en Angleterre, sinon plus. Essaie. Ça pourrait te plaire.

Il me tendit sa pipe, avec le petit pot d'argent.

Je humai avec circonspection le liquide brun foncé recouvert de sa croûte d'herbes. L'arôme en était chaud et plaisant, pareil au parfum que dégage le foin sous le soleil. Je portai la fine pipe à mes lèvres et suçai; il y eut un sifflement asthmatique, suivi d'une arrivée de liquide brûlant qui m'ébouillanta la bouche et la langue. Les yeux pleins de larmes, je rendis la pipe à Ian.

— Merci, lui dis-je. Je conçois qu'on puisse y prendre goût, mais je crains que mes papilles demeurent rétives à de telles températures.

— On n'est pas obligé de le boire aussi chaud, dit Ian, mais je trouve qu'on y perd en goût.

Quelque temps après, je refis une tentative, cette fois avec un maté à température humaine, et je trouvai agréables et rafraîchissants cette senteur de foin fraîchement coupé et ce goût amer légèrement astringent. Mais le prendre à la température du métal en fusion, ce qui doit être le propre du véritable connaisseur, est au-dessus de mes forces.

La matinée était radieuse et, après une conversation à bâtons rompus autour d'un excellent petit déjeuner, nous partîmes jeter un coup d'œil à la campagne environnante. À peine étions-nous sortis du bois d'eucalyptus qui entoure l'*estancia* comme une palissade, que nous rencontrâmes, perdue parmi les hautes herbes, une souche d'arbre sur laquelle un fournier avait bâti son nid.

En l'examinant de près, je fus émerveillé qu'un oiseau de cette taille soit capable de construire une structure si importante et si sophistiquée. De forme sphérique, gros comme à peu près deux fois un ballon de football, le nid était fait de boue à laquelle étaient incorporées des racines et des fibres, si bien qu'il était aussi solide que du béton armé. Vu de face, avec son entrée voûtée, il ressemblait à un four à pain en miniature. Curieux d'en voir l'intérieur (et Ian m'ayant assuré que le nid était désaffecté), je le soulevai de la souche et détachai soigneusement, à l'aide d'un couteau pointu, le toit en dôme. On aurait dit l'intérieur d'une coquille d'escargot : partant de la gauche, un couloir d'une quinzaine de centimètres suivait la courbe du mur extérieur, en faisant un décrochage pour éviter la voûte d'entrée. Le couloir débouchait dans une pièce circulaire soigneusement tapissée d'herbes et de plumes. Contrastant avec la rusticité de l'extérieur, l'intérieur de la petite pièce et du corridor était parfaitement lisse et presque poli. Plus je regardais et plus je m'émerveillais que ce petit oiseau, avec son bec pour seul outil, puisse accomplir un pareil travail. L'affection que les Argentins portent à cet oiseau enjoué et actif qui survole leurs jardins en faisant vibrer l'air de son cri sonore et gai n'a rien d'étonnant. Hudson relate une histoire charmante à propos d'un couple qui avait bâti son nid sur le toit d'un ranch. Un jour, la malheureuse femelle fut prise dans un piège à rat et se brisa les deux pattes. Elle parvint, en luttant, à se libérer et à regagner son nid, où elle mourut. Pendant plusieurs jours, le mâle tourna autour en appelant, puis finit par disparaître. Il revint deux jours plus tard avec une autre compagne et, sans perdre un instant, tous deux se mirent à plâtrer l'entrée du nid qui contenait les restes de la première femelle. Puis ils s'attaquèrent à la construction d'un nouveau nid qu'ils bâtirent au sommet de cette crypte et, là, ils élevèrent leur couvée.

Mais il faut croire que le fournier, par rapport à d'autres oiseaux, est doté d'un supplément de charme et de personnalité car il réussit à amadouer même les êtres les plus endurcis et les plus cyniques. Au cours de mon séjour, un vieux *péon* peu enclin à la sentimentalité, et n'ayant pas plus de scrupules à tuer un homme qu'une mouche, me déclara un jour, d'un ton solennel, qu'il ne ferait jamais de mal à un fournier. Un jour où il chevauchait à travers la pampa, il s'était arrêté devant une souche sur laquelle un fournier avait commencé son nid; la boue était encore humide et, sur un des côtés, son propriétaire pendait accroché par une patte, prisonnier d'un long brin d'herbe qu'il avait utilisé pour sa construction. Il devait être là depuis un certain temps, à lutter en vain pour se libérer, car il était à bout de forces. Pris d'un élan de générosité, le péon s'avança vers lui, coupa délicatement l'herbe à l'aide de son couteau, et posa l'oiseau épuisé au sommet du nid pour qu'il récupère. C'est alors qu'il se passa quelque chose d'extraordinaire.

«Je vous jure, señor, que ce que je vais vous dire est vrai, dit le péon. J'étais là, à cinquante centimètres de lui, et il n'avait pas du tout peur. Malgré sa faiblesse, il lutta pour se redresser et, levant son bec vers le ciel, il se mit à chanter. Pendant peut-être deux minutes, il chanta pour moi, señor, un chant merveilleux, et je l'écoutai, assis sur mon cheval. Puis il se tut et s'envola. Cet oiseau me remerciait de lui avoir sauvé la vie. Un oiseau capable d'une telle démonstration de gratitude, señor, mérite le respect d'un homme.»

Jacquie, un peu plus loin sur ma droite, à une centaine de mètres du nid de fournier, se mit à pépier de manière incompréhensible et à me faire des signes désespérés. Je la rejoignis. Elle était penchée sur l'entrée d'un terrier à demi caché dans l'herbe. Une petite chevêche, se tenant raide comme un gardien, nous observait de ses yeux ronds. Soudain, elle s'inclina pour saluer à deux reprises, très rapidement, et se figea de nouveau comme un militaire en faction. Son numéro était si délicieusement comique que nous éclatâmes de rire ; la chevêche nous jeta un regard méprisant et, portée par ses ailes silencieuses, s'élança au-dessus des herbes fouettées par le vent.

— Il nous en faut quelques-unes, dit Jacquie. Elles sont tellement adorables !

J'étais d'accord. J'ai toujours été attiré par les chouettes, de toutes les espèces, et je ne conçois pas une collection d'oiseaux qui ne leur ferait pas une place. J'appelai Ian qui marchait dans les herbes en levant les jambes comme une grue solitaire et morose :

— Viens, je crois que nous avons trouvé le nid d'une chevêche.

Il accourut et, ensemble, nous examinâmes l'entrée du terrier où s'était tenue la chevêche. À côté, un petit tas de terre était parsemé d'enveloppes colorées de coléoptères, d'os minuscules, de duvet et de plumes. À l'évidence, le terrier n'était pas qu'un dortoir. Ian, penché sur le trou, tirait sur son nez, l'air de réfléchir.

— Tu crois qu'il est habité ? lui demandai-je.

— Difficile à dire. Bien sûr, c'est la bonne saison. D'ailleurs, à l'heure qu'il est, les jeunes doivent être en état de voler. L'ennui avec la chevêche c'est qu'elle a plusieurs terriers, mais qu'elle n'en utilise qu'un pour nicher. Les péons prétendent que le mâle se sert des autres comme garçonnières ; je ne sais pas s'il faut les croire, mais nous allons peut-être creuser longtemps avant de trouver le bon. Si tu ne crains pas d'être déçu, je veux bien essayer.

— Tu peux me décevoir tant que tu veux, pourvu que je finisse par attraper quelques chevêches, répondis-je sans hésiter.

— Très bien. Il nous faut des bêches et une branche quelconque pour sonder le tunnel.

Nous retournâmes à l'*estancia* et Mme Boote, ravie de nous voir déjà à l'œuvre, alla nous chercher une extraordinaire panoplie d'outils de jardinage. Puis elle donna l'ordre à un des péons d'interrompre son travail pour se mettre à notre disposition. Nous quittions le jardin comme un comité de fossoyeurs lorsque nous tombâmes sur Petit Loir qui dormait paisiblement sur une couverture. Elle ouvrit les yeux et nous demanda d'une voix ensommeillée où nous allions. Quand elle apprit que nous nous apprêtions à capturer des chevêches, ses yeux bleus s'ouvrirent tout grands et elle proposa de nous conduire en voiture. Je protestai :

— Vous ne pouvez pas conduire dans la pampa avec cette voiture… Ce n'est pas une jeep !

— Et votre père vient de changer les amortisseurs, lui rappela Ian.

Elle nous gratifia d'un sourire enjôleur.

— Je conduirai à deux à l'heure, promit-elle.

Puis, voyant notre air sceptique, elle ajouta, perfide :

— Vous allez pouvoir couvrir infiniment plus de terrain.

Nous nous mîmes donc en route vers notre premier terrier. La voiture avançait en hoquetant à travers la pampa accompagnée du doux grincement de ses ressorts qui nous donnait à tous, à l'exception de Petit Loir, mauvaise conscience.

Notre terrier faisait près de deux mètres cinquante de long, il était légèrement incurvé comme un C et descendait à environ soixante centimètres de profondeur. Nous découvrîmes tout cela en le sondant délicatement avec une fine tige de bambou. Après avoir dessiné son tracé intérieur à l'aide de bâtons plantés dans le sol, nous commençâmes à creuser, en vérifiant notre progression à intervalles réguliers. Chaque section de tunnel comprise entre deux bâtons fut explorée avec soin (il fallait s'assurer qu'il n'y avait rien de caché à l'intérieur) puis rebouchée avec des mottes de terre. Le dernier bâton, si nos calculs étaient exacts, devait correspondre au nid. Nous travaillions fébrilement, en silence.

Régulièrement, nous plaquions une oreille contre la terre ; mais aucun bruit ne se faisait entendre ; j'étais à peu près certain que le terrier serait vide. La dernière croûte de terre céda et dégringola dans la petite chambre. Dans le terrier à demi éclairé apparurent alors deux minuscules têtes grises aux yeux en boutons-d'or. Nous poussâmes un cri de triomphe ; les oisillons clignèrent des paupières et firent claquer leur bec comme des castagnettes. Ils étaient si charmants avec leur duvet que j'oubliai tout ce que je savais sur les chouettes et tendis la main à l'intérieur pour en attraper une. Aussitôt, les petites boules de duvet tendre avec leurs grands yeux commencèrent à s'enfler de fureur. Gonflant les plumes de leur dos, au point de doubler de volume, elles écartèrent leurs ailes comme des boucliers et se jetèrent sur ma main en y enfonçant leurs serres. Je m'assis pour sucer mes doigts ensanglantés.

— Est-ce qu'on aurait un chiffon un peu épais? demandai-je. Plus épais qu'un mouchoir, qui me permettrait d'attraper ces adorables créatures?

Petit Loir Boote se précipita vers la voiture et revint avec un vieux torchon taché de graisse. Je m'en entourai la main et fis une seconde tentative. Je réussis à saisir un oisillon. Le torchon me protégea des coups de bec mais malheureusement pas des serres. Fermement accrochée au torchon, la chevêche refusait de lâcher prise et j'eus le plus grand mal à dégager ses pattes pour la mettre dans un sac. Sa sœur, nettement moins vaillante maintenant qu'elle était seule face à l'ennemi, fut plus facile à capturer. Transpirants, couverts de terre mais très contents de nous, nous rejoignîmes la voiture et passâmes le reste de la journée à parcourir la pampa. Dès que nous apercevions un couple de chevêches s'élever du sol, nous nous précipitions pour localiser le terrier et le creuser. Comme l'avait prédit Ian, nous fûmes plus souvent déçus que récompensés, mais à la fin du jour (et après avoir creusé ce qui nous semblait plusieurs kilomètres de tunnel) nous rentrâmes à l'*estancia* avec huit bébés chevêches; ils se mirent à dévorer de telles quantités de viande et de coléoptères que nous étions en droit de nous demander si leurs parents exténués les regretteraient beaucoup et ne se sentiraient pas plutôt soulagés de ne plus avoir à les ravitailler.

Ces premiers spécimens recueillis à Los Ingleses furent bientôt rejoints par d'autres. Dès le lendemain de la capture de nos chevêches, un péon se présenta à la maison avec une boîte contenant deux jeunes coucous *guiras,* espèce commune en Argentine, mais surtout au Paraguay. Par la taille et l'apparence, ils rappellent l'étourneau d'Angleterre, mais la ressemblance s'arrête là, car cette espèce de coucou au plumage brun beige rayé de vert sombre porte sur la tête une petite huppe rousse et sa queue est longue comme celle d'une pie. Il circule dans les buissons et les bois en groupes de dix à vingt oiseaux, et c'est un ravissant spectacle de les voir glisser en masse d'un taillis à un autre, telles des fléchettes de papier brun. J'avais souvent admiré ces vols collectifs de coucous mais je n'avais jamais accordé beaucoup d'importance à cette espèce, jusqu'à l'arrivée des deux bébés. Dès que j'eus ouvert la boîte, je compris que les guiras ne se comportaient pas du tout comme les autres oiseaux. Je reste persuadé qu'ils naissent avec une case en moins et rien ne me fera changer d'avis. En soulevant le couvercle, je vis les deux oiselets accroupis, pattes écartées, leur longue queue étalée et leur crête rousse érigée. Ils m'observaient calmement, de leurs yeux jaune pâle, rêveurs et voilés, dont l'expression était si lointaine qu'ils semblaient écouter quelque musique céleste inaccessible au monde des mammifères auquel j'appartenais. Puis, parfaitement en chœur, ils dressèrent un peu plus leur crête et, ouvrant leur bec jaune, laissèrent échapper, telles des mitrailleuses, une série de sons effroyables. L'explosion terminée, ils abaissèrent leur crête et quittèrent la boîte d'un vol lourd; l'un vint se poser sur mon poignet et l'autre sur ma tête. Celui qui avait choisi mon poignet émit une sorte de rire étouffé, puis il avança jusqu'au bord de ma manche de veston et s'attaqua aux boutons, crête déployée, avec tous les signes de la férocité. Le second, m'ayant saisi les cheveux à plein bec, se mit à tirer dessus de toutes ses forces.

— Depuis quand cet homme a-t-il ces oiseaux? demandai-je à Ian, abasourdi par leur aplomb et leur familiarité.

Ian et le péon échangèrent quelques mots en espagnol, puis Ian se tourna vers moi.

— Il les a pris il y a environ une demi-heure.

— C'est impossible, dis-je; ces oiseaux sont apprivoisés! Ils ont dû s'échapper de chez leur maître.

— Non, tous les coucous guiras sont comme ça!

— Aussi dociles?

— Oui. Ils n'ont peur de rien quand ils sont très jeunes. Ils prennent de la graine en vieillissant, mais pas beaucoup.

Comprenant qu'il n'arriverait pas à me scalper, celui qui s'était installé sur ma tête descendit alors sur mon épaule et essaya prudemment d'introduire son bec dans mon oreille afin de l'explorer. Je lui en enlevai rapidement l'envie et le perchai sur mon poignet à côté de son frère. Alors, comme s'ils se retrouvaient après des années de séparation, tous deux, crête dressée, se regardèrent affectueusement dans les yeux en lançant des trilles à la cadence d'un marteau-piqueur. Quand j'ouvris la porte d'une cage et en approchai mon poignet, les deux oiseaux y entrèrent et allèrent d'un bond s'installer sur le perchoir comme s'ils étaient nés en captivité. Troublé par cette démonstration de nonchalance aviaire, j'allai chercher Jacquie.

— Viens voir nos nouveaux pensionnaires. Tout ce dont rêve un collectionneur.

— Qu'est-ce que c'est?

— Des coucous guiras. Il y en a deux.

— Quoi? ces créatures rousses? dit-elle d'un ton un peu dédaigneux. Il n'y a vraiment pas de quoi se pâmer.

— Viens les voir, insistai-je. Je t'assure que je n'ai jamais vu d'oiseaux plus singuliers.

Installés sur le perchoir, ils étaient occupés à se bichonner. Un instant, ils nous fixèrent de leurs yeux brillants, amorcèrent un salut, puis reprirent leur toilette.

— Ils sont plus attrayants de près, reconnut Jacquie, mais je ne comprends pas ce que tu leur trouves de si passionnant.

— Tu ne remarques rien?

— Non, répondit-elle en les observant, si ce n'est qu'ils ont l'avantage d'être déjà apprivoisés.

— Justement, ils ne le sont pas, m'écriai-je triomphant. Ils ont été capturés il y a une demi-heure.

— C'est une blague, dit Jacquie. Tu vois bien qu'ils ont l'habitude d'être en cage.

— Détrompe-toi. Ian m'a expliqué qu'à cet âge c'étaient de parfaits idiots, qu'ils se laissaient facilement attraper et apprivoiser. Ils s'endurcissent un peu en vieillissant, mais à peine.

— C'est vrai qu'ils ont une drôle d'allure, admit Jacquie en les étudiant avec attention.

— Moi, ils m'ont l'air attardés.

Glissant un doigt à travers les barreaux, Jacquie l'agita devant l'un des oiseaux. Sans hésiter, il approcha et baissa la tête pour se faire gratter. Le second, les yeux brillants d'envie, grimpa sur le dos de son frère pour recevoir sa part de gâteries. Dans cette position, à cheval l'un sur l'autre, ils se balançaient sur le perchoir en tendant le cou à Jacquie. Sous l'effet du massage, leur crête petit à petit se dressa, leur tête se renversa jusqu'à ce que le bec pointe vers le ciel, leurs yeux se fermèrent d'extase et les plumes de leur cou s'érigèrent tandis que celui-ci s'étirait vers le haut : ils ressemblaient maintenant davantage à des girafes à plumes qu'à des oiseaux.

— Attardés, c'est bien ce que je dis, répétai-je quand celui du dessus, le cou désespérément tendu, perdit l'équilibre et dégringola au fond de la cage, où il s'assit, battant des paupières et s'adressant à lui-même de petits gloussements interloqués.

Nous devions acquérir plus tard d'autres spécimens de cette espèce idiote et tous se révélèrent aussi simples d'esprit. Un couple fut capturé au Paraguay par notre jeune compagnon, et cela de façon amusante. Alors qu'il marchait sur un sentier, il passa devant deux guiras qui picoraient dans l'herbe. Surpris qu'ils ne s'envolent pas en le voyant approcher, il revint sur ses pas et, de nouveau, passa devant eux. Toujours accroupis, ils le fixaient stupidement. Cette fois, il fit un bond vers eux et revint triomphalement avec les deux oiseaux. Ils étaient tellement faciles à capturer que nous ne tardâmes pas à en avoir plusieurs couples qui furent pour nous une source infinie de divertissements. Le grillage des cages s'arrêtait à deux ou trois centimètres du bas afin d'en faciliter le nettoyage. On n'aurait pas pu leur faire plus plaisir. Les coucous passaient la tête et s'intéressaient à la vie du camp en échangeant des commentaires sonores et des gloussements joyeux. En les voyant ainsi, la tête hors de la cage, la crête dentelée dressée, les yeux brillants de curiosité, tandis que d'une voix perçante ils commentaient ce qu'ils voyaient, je songeais irrésistiblement à un rassemblement de vieilles femmes attirées à la fenêtre de leur mansarde par le bruit d'une dispute.

Chez les guiras, la passion pour les bains de soleil virait à l'obsession. Le moindre rayon de soleil dans leur cage les mettait en transe. Ils se mettaient à chanter joyeusement, sautaient sur le perchoir et commençaient à se préparer pour cette cérémonie solennelle. Trouver la bonne position était primordial. Ils devaient pouvoir se balancer doucement sans s'agripper au perchoir. Cet équilibre une fois trouvé, ils gonflaient leur plumage et le secouaient vigoureusement comme un plumeau. Puis ils sortaient les plumes de leur corsage, soulevaient celles du croupion, abaissaient leur longue queue et fermaient leurs yeux en retombant progressivement jusqu'à ce que la poitrine repose sur le perchoir, les plumes de la poitrine d'un côté, la queue de l'autre. Alors, avec beaucoup de précaution, ils détachaient leurs pattes du perchoir et se balançaient doucement. Dans cette position précaire, on aurait pu croire qu'ils avaient du mal à passer leurs œufs, et leurs plumes se présentaient de façon si curieuse qu'ils avaient l'air d'avoir été attaqués par les mites. Mais malgré leur loufoquerie les coucous étaient des oiseaux attachants ; quand nous nous absentions, même pour une demi-heure, ils ne manquaient jamais de nous accueillir, à notre retour, avec de joyeux trilles.

Les deux premiers, ceux de Los Ingleses, ont toujours été nos préférés et Jacquie les a terriblement gâtés. En rentrant en Angleterre, nous les remîmes au zoo de Londres et ne pûmes retourner les voir avant deux mois. Persuadés qu'ils nous auraient complètement oubliés, nous nous approchâmes de leur cage avec quelque appréhension. C'était le week-end et de nombreux visiteurs les regardaient. Les coucous, assis sur leur perchoir, étaient occupés à leur toilette. Mais nous n'étions pas plus tôt arrivés qu'ils nous fixèrent de leurs yeux brillants et, la crête dressée, volèrent jusqu'au grillage en poussant des cris de joie et d'excitation. Tandis que nous leur grattions le cou et qu'ils s'étiraient comme du caoutchouc pour recevoir nos caresses, nous conclûmes qu'ils étaient peut-être moins bêtes que nous l'avions cru.

Eggbert et les Jumelles Infernales

Parmi les espèces les plus communes autour de Los Ingleses, il y avait les kamichis ; on rencontrait fréquemment, sur un rayon d'un kilomètre, dix à douze couples de ces majestueuses créatures marchant dans l'herbe côte à côte, ou tournoyant dans le ciel, leurs larges ailes déployées, et lançant leur appel mélodieux et sonore comme un coup de trompette. Je mourais d'envie d'en capturer, mais la tâche n'était pas simple, car si ces oiseaux font partie des espèces les plus répandues dans la pampa, ils sont aussi les plus farouches. Comme les oies, ils se rassemblent en énormes groupes et dévastent, au cours de l'hiver, tous les champs de luzerne de la région si bien que les fermiers argentins ne manquent jamais une occasion de les pourchasser et de les tuer. Alors que l'on peut approcher d'assez près la plupart des oiseaux de la pampa, il faut s'estimer heureux si l'on réussit à s'approcher à une centaine de mètres d'un couple de kamichis. Nous savions qu'ils nichaient tout autour de nous, mais ces nids étaient jalousement cachés; et bien qu'à plusieurs reprises, voyant les parents voler au-dessus de nos têtes en poussant des cris perçants, nous pensâmes arriver à nos fins, ce ne fut jamais le cas.

Nous partîmes un soir poser des filets autour d'un petit lac bordé d'un épais rideau de roseaux, afin d'essayer de capturer quelques canards; ayant fixé mon côté du filet, je marchais dans les roseaux. Je m'étais arrêté pour examiner un petit nid vide et astucieusement suspendu entre deux feuilles, assez semblable à celui d'une rousserolle, quand mon regard tomba sur un tas d'argile qui me fit un clin d'œil. J'en étais à me demander si je n'avais pas la berlue quand de nouveau la motte d'argile cligna des yeux. Je vis alors que le tas en question n'était autre qu'un jeune kamichi, blotti parmi les roseaux, et immobile comme une pierre. Seules ses paupières qui battaient sur ses yeux sombres trahissaient sa présence. Je fis encore quelques pas et m'accroupis près de lui. Il ne bougeait toujours pas. Je lui touchai la tête, mais il demeura immobile et continua de m'ignorer. Je l'emportai sous mon bras comme une volaille pour le ramener à la voiture. Il ne manifestait pas la moindre résistance ni la moindre panique. Mais au moment où j'arrivai à la voiture, deux adultes kamichis vinrent à passer au-dessus de nous et lancèrent en nous voyant toute une série de cris furieux. Aussitôt la créature, si placide dans mes bras quelques instants plus tôt, fut gagnée par une panique telle que j'eus toutes les peines du monde à la calmer pour la placer dans une boîte.

À notre retour à l'*estancia*, John, le frère de Petit Loir, vint à notre rencontre, curieux de savoir si nous avions fait bonne pêche. Je lui montrai fièrement ma prise.

— Ah ça ! s'exclama-t-il avec dégoût. Je n'imaginais pas que ça pouvait vous intéresser.

— Bien sûr que si ! répliquai-je. Ils ont beaucoup de succès dans les zoos.

— Combien en voulez-vous ? demanda John.

— Eh bien, il m'en faudrait huit, mais à en juger les difficultés que nous avons eues à nous procurer celui-là, je crains que nous n'y arrivions pas, dis-je, un peu découragé.

— Oh, ne vous en faites pas ; vous les aurez, dit John d'un air insouciant. Pour quand les voulez-vous ?... Pour demain ?

— Je ne voudrais pas être trop exigeant, répondis-je, moqueur, mais je serais ravi d'en avoir quatre demain, et autant le lendemain.

— OK, répondit laconiquement John avant de continuer son chemin.

Sur le moment, j'ai pensé qu'il devait avoir un sens de l'humour assez particulier pour plaisanter sur un sujet aussi sacré que la capture des kamichis, puis j'oubliai nos échanges jusqu'au lendemain matin quand je le vis qui s'apprêtait à partir à cheval. Un péon, déjà en selle, l'attendait.

— Hé ! Gerry ! me cria-t-il, tandis que son cheval, impatient, tournait en rond, c'est huit ou douze ?

— Huit ou douze quoi ?

— *Chajás*, pardi ! répondit-il un peu surpris.

— J'en voudrais huit aujourd'hui... et une douzaine demain.

— OK, dit-il, en poussant son cheval au galop à travers les eucalyptus.

À l'heure du déjeuner, j'étais dans la hutte qui abritait les animaux, occupé à essayer de construire une cage. J'avais bousillé trois planches, je m'étais donné deux coups de marteau sur la main et avais failli m'enlever le bout du pouce avec la scie. Autant dire que j'étais d'assez méchante humeur (ce qui avait eu pour résultat de faire fuir Jacquie et Ian) mais bien décidé à persévérer lorsque j'entendis un bruit de sabots, puis la voix de John.

— Gerry, cria-t-il gaiement. Voilà vos *chajás* !

Ma patience était à bout. Brandissant mon marteau d'un air redoutable, je sortis pour faire comprendre à John que je n'étais pas d'humeur à plaisanter. Il était adossé au flanc de son cheval ruisselant de sueur, et me souriait. Ce qui me désarma ne fut pas son sourire mais la vue de deux énormes sacs jetés sur le sol, qui s'agitaient, pleins de vie. Le péon, descendant lui aussi de cheval, déposa à son tour deux sacs qui semblaient très lourds et d'où s'échappait un bruit étouffé.

— Ce n'est pas une plaisanterie ? demandai-je. Ce sont vraiment des kamichis que vous avez là-dedans ?

— Bien sûr. Qu'est-ce que vous avez cru ? répondit John surpris.

— Que c'était une blague, dus-je avouer. Combien en avez-vous ?

— Huit, comme vous aviez demandé.

— Huit? répétai-je d'une voix rauque.

— Oui, seulement huit. Je suis navré de ne pas en avoir ramené douze, mais j'essayerai d'en trouver encore huit demain.

— Non, surtout pas... Laissez-moi d'abord installer ceux-là.

— Mais vous aviez dit... commença John, un peu déconcerté.

— Oubliez ce que j'ai dit, l'interrompis-je, et ne m'en ramenez plus jusqu'à ce que je vous le demande.

— Bon! fit-il joyeusement. C'est vous qui savez. À propos, il y en a un très jeune. J'ai été obligé de le mettre dans le sac. J'espère que ça ira. Vous feriez bien de voir dans quel état il est.

Émerveillé de ce don du ciel, je regagnai la hutte en titubant sous le poids des sacs, puis partis à la recherche de Jacquie et de Ian pour leur annoncer la bonne nouvelle et leur demander de m'aider à sortir les oiseaux des sacs. Indignés, ébouriffés, ils étaient pour la plupart de la même taille que celui que j'avais capturé la veille. Mais au fond du dernier sac nous trouvâmes le jeune dont avait parlé John. C'était, de tous les bébés oiseaux que j'avais jamais vus, le plus émouvant, le plus ridicule et le plus charmant.

Il avait à peine une semaine. Son corps, gros comme une noix de coco, était rond comme une boule. Au bout d'un cou immense se dressait, en forme de dôme, une tête munie d'un bec minuscule et éclairée de deux yeux bruns pleins de douceur. Ses jambes et ses pieds, d'un gris rosé, beaucoup trop grands pour lui, semblaient échapper à son contrôle. Attachés comme par hasard sur son dos, deux petits morceaux de chair comme les doigts d'un gant devaient faire office d'ailes. Il paraissait entièrement recouvert d'une combinaison mal tricotée en coton jaune. Il roula hors du sac et parvint vaillamment à se mettre debout sur ses pieds plats démesurés ; puis ses ridicules bouts d'ailes légèrement dressés, il nous contempla avec curiosité et, ouvrant son bec, nous salua d'un « houip » timide. Nous voyant trop subjugués pour répondre à son salut, il leva lentement, en oscillant vers l'avant, une de ses longues jambes, la reposa sur le sol et ramena l'autre à côté. Visiblement enchanté par sa performance, il se reposa quelques instants puis, après un second « houip », se risqua à faire un autre pas afin de nous montrer que le premier ne devait rien au hasard mais relevait d'une parfaite maîtrise. Malheureusement, il avait omis de regarder ce qu'il faisait lors de la précédente manœuvre, si bien que son pied gauche était posé sur le droit : la tentative fut désastreuse. Il lutta désespérément pour essayer de dégager son pied droit sans perdre l'équilibre ; après un colossal effort pour soulever ses deux pieds, il s'étala le bec en avant ; devant notre hilarité, il nous regarda et lança un « houip » désapprobateur.

Le premier nom qui nous vint à l'esprit étant donné sa forme et la couleur de sa combinaison fut Egg ; puis, dès qu'il eut un peu grandi, il devint plus solennellement Eggbert. J'ai connu beaucoup d'oiseaux amusants, mais ils étaient comiques par leur apparence.

Eggbert, lui, avait non seulement *l'air* drôle sans rien faire, mais il était irrésistible dans tout ce qu'il entreprenait. C'était un clown-né et il me faisait rire aux larmes. Il suffisait qu'il se tienne devant moi sur ses jambes démesurées, la tête légèrement inclinée sur le côté, et qu'il lâche un «houip» malicieux et interrogateur, pour que j'éclate de rire. Chaque après-midi, nous le sortions de sa cage pour une promenade sur la pelouse, et nous attendions ce moment avec autant d'impatience que lui; mais au bout d'une heure nous étions contraints de le rentrer pour éviter qu'il se blesse.

Les jambes d'Eggbert empoisonnaient son existence. Elles étaient tellement longues qu'elles avaient tendance à s'emmêler. Et puis il courait constamment le risque de marcher sur ses propres pieds et de se donner en spectacle comme c'était arrivé le premier jour. Il passait donc son temps à les contrôler de peur qu'elles lui désobéissent. On le voyait parfois se tenir debout, tête baissée, pendant bien dix minutes, en train de fixer d'un air grave ses doigts de pieds étalés dans l'herbe comme les branches d'une étoile de mer. Il était à l'évidence obsédé par le désir de se dissocier de ses pieds démesurés. Ils l'irritaient, car il devinait les ébats gracieux auxquels, sans eux, il aurait pu se livrer. Après avoir surveillé longuement ses extrémités, et croyant les avoir domptées, il s'élançait sans prévenir dans l'espoir de traverser la pelouse en les laissant derrière lui. Mais il eut beau répéter cette ruse, il n'arrivait jamais à ses fins. Ses jambes étaient trop rapides pour lui; dès qu'il se mettait en mouvement, elles se dépêchaient de s'empêtrer l'une dans l'autre et Eggbert finissait la tête dans les pâquerettes.

Ses pieds le trahissaient sans cesse et lui jouèrent plus d'un mauvais tour. Eggbert s'était donné pour ambition d'attraper un papillon, curieuse obsession dont il était bien incapable de nous confier la raison. Tout ce que nous savions de son espèce, c'était qu'elle était végétarienne ; or, sitôt qu'Eggbert apercevait un papillon à moins de deux mètres, son œil brillait de lueurs sanguinaires et il partait en chasse. La première règle pour attraper un papillon est de ne pas le perdre de vue. Eggbert en était parfaitement conscient, seulement dès l'instant où, tremblant de concentration, il fixait le papillon, ses pieds, laissés sans surveillance, commençaient à faire des leurs, se marchant dessus ou se barrant la route, quand ils ne partaient pas dans la direction opposée. À la seconde où Eggbert lâchait sa proie des yeux, ils reprenaient sagement leur position, mais le temps qu'il relève la tête, le papillon avait disparu. Puis vint ce jour mémorable où Eggbert rêvassait au soleil, les pieds tournés vers l'extérieur ; un papillon de basse extrace, qui voltigeait sur la pelouse, vint se poser sur son bec et fit avec ses antennes ce qui s'apparentait étrangement à un doigt d'honneur, avant de repartir dans les airs. Tremblant d'une rage bien compréhensible, Eggbert essaya de lui donner un coup de bec alors que l'insecte voletait au-dessus de sa tête. Hélas, il se pencha un peu trop en arrière, perdit l'équilibre et se retrouva les pattes en l'air. Tandis qu'il était dans cette posture, réduit à l'impuissance, le papillon atterrit lâchement sur le ventre rebondi et douillet d'Eggbert où il se livra à un brin de toilette avant de reprendre sa route. Cet incident – on s'en doute – ne fit qu'exacerber sa rage contre les lépidoptères, mais malgré tous ses efforts il n'en attrapa jamais.

La nourriture d'Eggbert fut, dans les premiers temps, un sujet d'inquiétude, car il rejetait systématiquement tous les végétaux ordinaires : chou, salade, trèfle ou luzerne. Nous essayâmes du biscuit mélangé à de l'œuf dur, mais il repoussa avec horreur cette tentative qui visait à le jeter dans le cannibalisme. Fruits, son mouillé, maïs furent inspectés brièvement, puis ignorés. En désespoir de cause, je suggérai de le lâcher dans le potager, en espérant qu'il nous livrerait le secret de ses goûts. Toute la maisonnée, des cuisines au salon, s'intéressait au problème d'Eggbert et guettait anxieusement quelque indication quand il fut lâché dans le potager. Il salua l'assemblée d'un « houip » amical, se marcha dessus, tomba, puis, s'étant redonné une contenance, commença son tour ; visiblement préoccupé par ses pieds, il passa sans un regard entre les rangées de choux. Parvenu devant les plants de tomates, il regardait autour de lui avec un peu plus de curiosité ; il semblait même avoir pris une décision quand son attention fut distraite par la présence d'une grosse sauterelle. Arrivé au milieu des pommes de terre, sans doute épuisé par tant d'efforts, il fit un petit somme, tandis que nous attendions patiemment. Il se réveilla, apparemment reposé et guilleret, nous salua d'un air étonné, bâilla et reprit sa promenade en titubant comme un ivrogne. Méprisant les carottes, il continua son chemin. Lorsqu'il atteignit les treillis des pois gourmands, estimant sans doute qu'il était temps de détendre l'atmosphère, il essaya de jouer à cache-cache avec nous. Puis il abandonna, avança jusqu'aux fèves et s'arrêta, fasciné par les fleurs, intérêt tout esthétique et pas le moins du monde gastronomique. Nous atteignions les plants de persil et de menthe quand il éprouva le besoin de voir ce qui le chatouillait sous le pied gauche et tomba à la renverse dans une flaque d'eau de pluie. Nous le relevâmes et, une fois séché et cajolé, il pénétra de sa démarche mal assurée entre les rangées d'épinards. S'arrêtant brusquement, il procéda à leur examen, minutieusement, la tête inclinée. Le suspense était terrible. Comme il se décidait enfin à se pencher pour donner un coup de bec dans une feuille, il trébucha, la tête la première, dans une grosse touffe d'épinards. Après avoir peiné pour s'en extirper, il réussit cette fois à attraper une large feuille. Il tira dessus de toutes ses forces, mais la feuille était coriace et il dut s'arc-bouter, les jambes écartées. L'extrémité de la feuille se déchira et Eggbert se retrouva de nouveau sur le dos, avec cette fois dans son bec une minuscule parcelle de verdure. Sous nos applaudissements, il fut replacé dans sa cage et on lui prépara une grosse ration d'épinards hachés. Mais nous n'étions pas au bout de nos peines. Ce végétal, même haché très finement, était encore trop dur à déglutir pour Eggbert qui le restituait immédiatement.

— Je crains, dis-je, qu'il faille l'alimenter comme le faisait sa mère.

— Comment ça ? demanda Jacquie intriguée.

— Eh bien, les mères régurgitent pour leurs enfants une espèce de pulpe prédigérée.

— Et c'est ce que tu voudrais essayer ? demanda Jacquie d'un air soupçonneux.

— Non... mais je crois qu'on devrait lui procurer de l'épinard déjà *mâché*.

— Alors... tu t'en chargeras, dit ma femme gaiement.

— Le problème, expliquai-je, c'est que je fume, et je doute qu'il raffole d'épinards parfumés à la nicotine.

— Donc, puisque je ne fume pas, c'est à moi de mastiquer ?

— En quelque sorte, oui.

— Si on m'avait dit, se plaignit Jacquie, quand je t'ai épousé, que je devrais mâcher la nourriture de tes oiseaux, je ne l'aurais jamais cru.

— C'est pour la bonne cause, risquai-je.

— Si on me l'avait *dit*, reprit-elle sombrement sans tenir compte de mon intervention, et que j'y avais cru, je crois que je ne t'aurais jamais épousé.

Avec un regard glacial, elle prit une grande assiette d'épinards qu'elle s'en alla mastiquer dans un coin. C'est ainsi que Jacquie, avec la persistance d'un ruminant, produisit tout l'épinard prémastiqué qu'Eggbert absorba au cours de son séjour parmi nous. Elle en évalua la quantité à une cinquantaine de kilos et, chose surprenante, l'épinard est encore aujourd'hui un de ses légumes préférés.

Peu de temps après l'arrivée d'Eggbert et de ses frères et sœurs, on nous apporta deux autres animaux qu'on surnomma bientôt les Jumelles Infernales. C'étaient de gros tatous très velus de taille et d'habitudes presque identiques. Ces animaux étant tous deux des femelles, on aurait été tenté de conclure qu'il s'agissait de sœurs de la même portée, mais l'une avait été trouvée près de Los Ingleses et l'autre nous avait été envoyée depuis une *estancia* à quelques kilomètres de là. Nous les installâmes dans une cage aménagée avec un compartiment dortoir. Cette cage avait été conçue, à l'origine, pour abriter un très gros tatou ; nos deux animaux n'ayant pas encore atteint leur taille définitive, ils s'y trouvèrent à l'aise. Leurs distractions se résumaient à la nourriture et au sommeil – dont ils ne semblaient jamais repus. Ils s'étendaient tête-bêche sur le dos dans leur chambre à coucher, leur gros ventre rose et ridé s'enflant et se dégonflant sous leur respiration ronflante, tandis que leurs pattes étaient parcourues de frémissements. Une fois endormis, rien ne semblait pouvoir les réveiller : on pouvait taper sur leur cage, crier à travers les barreaux, ouvrir la porte de leur dortoir – en retenant sa respiration (car les tatous dégagent une odeur particulièrement forte) – et taper sur leur grosse panse ventrue, leur pincer la patte ou leur tirer la queue, sans réussir à les arracher à un sommeil qui ressemblait à un état d'hypnose. Puis convaincu que rien, si ce n'est peut-être un tremblement de terre, ne les en arracherait, vous remplissiez une gamelle de la répugnante mixture qu'ils aimaient pour la glisser dans la partie habitation de la cage. Or, quelles que soient les précautions prises pour éviter de faire du bruit, vous aviez à peine passé la main à l'intérieur de la cage qu'aussitôt arrivait de leur dortoir un fracas effroyable, comparable à celui que ferait un serpent de mer en cherchant à démolir à coups de queue un ponton en bois. C'étaient les Jumelles qui se retournaient et se bousculaient pour se mettre debout ; et pour vous, le moment de lâcher la gamelle et de retirer votre main, car en l'espace d'une seconde les deux créatures arrivaient en trombe de leur chambre, épaule contre épaule, comme des joueurs de rugby luttant pour le ballon. Elles heurtaient la gamelle (et votre main, si vous l'y aviez laissée) et allaient atterrir avec elle au bout de la cage, tandis que le mélange de bananes hachées, d'œufs durs et de viande émincée baignant dans du lait s'écrasait comme une vague contre le mur pour rebondir et s'agglutiner sur leurs dos. Avec des cris et des grognements de satisfaction, elles léchaient la nourriture ruisselant sur leur cuirasse cornée, en se bagarrant pour un morceau de fruit ou de viande retombé soudain du plafond. À les voir noyés dans cette mare de nourriture, on avait peine à croire que deux animaux puissent à eux seuls venir à bout d'une telle quantité de vitamines et de protéines. Et pourtant, une demi-heure plus tard, la cage était impeccable, les Jumelles ayant même réussi à lécher les éclaboussures du plafond en se dressant sur leurs pattes arrière. Elles s'étaient retirées dans leur odorant boudoir où, couchées sur le dos, elles dormaient en ronflant profondément. Assez vite, le régime leur profita et nos deux créatures se développèrent au point de ne plus passer qu'avec difficulté par la porte de leur dortoir. J'étudiais un aménagement pour y remédier, quand l'une d'elles trouva la solution. Au lieu de s'étendre dans le sens de la longueur de la pièce, comme elle avait l'habitude de le faire, elle décida, un jour, de se coucher en travers, sur le ventre, la tête vers la porte. Dès que lui parvenaient le moindre son, le moindre fumet de nourriture, elle avançait d'un bond et arrondissait le dos afin d'obstruer la porte aussi sûrement qu'un bouchon avant même que l'autre ait eu le temps de se mettre debout. Là, prenant son temps, elle sortait une patte et rapprochait la gamelle ; elle en explorait bruyamment le fond tandis que sa compagne furieuse essayait en vain de pousser cet arrière-train solidement cuirassé qui lui interdisait l'accès à la nourriture.

Le tatou velu est le vautour de la pampa argentine. Bas sur pattes, protégé des attaques par son armure, il circule à travers les herbes à la manière d'un tank minuscule, et ne fait pas la fine bouche. À défaut de fruits et de légumes, il ne dédaigne pas le contenu d'un nid (œufs ou nouveau-nés), les souris ou les serpents, quand il en rencontre. Mais son grand régal, ce sont les carcasses en putréfaction. Il n'est pas rare, en effet, sur les immenses étendues d'Argentine, où les troupeaux sont innombrables, qu'un animal meure de maladie ou de vieillesse et reste à se décomposer au soleil jusqu'au moment où les mouches, attirées par la pestilence, bourdonnent autour du cadavre comme des abeilles autour d'une ruche. C'est alors pour le tatou, dont les narines sont chatouillées par l'odeur, l'annonce d'un festin. Quittant sa tanière, il se hâte vers la charogne grouillant de vers. Rassasié de viande pourrie et de parasites, il ne peut se résoudre à abandonner la carcasse incomplètement nettoyée de sa chair et s'enterre sous elle. Ainsi enfoui, il rumine et digère jusqu'à ce que la fringale le reprenne, et il n'a plus qu'à sortir le museau pour se mettre à table. Le tatou n'abandonne une carcasse qu'après avoir dépouillé les os, déjà blanchis, de leur dernier filament de chair. Puis, avec un soupir satisfait d'animal repu, il retourne chez lui, en espérant que la prochaine aubaine ne se fera pas trop attendre. Cela étant, malgré ses appétences abjectes, le tatou est réputé pour avoir une chair agréable dont le goût se situe entre le veau et le cochon de lait. Les péons capturent souvent des tatous qu'ils gardent dans un tonneau de boue où ils les engraissent jusqu'à ce qu'ils soient à point pour la casserole. Je comprends que cette idée de manger un animal nourri de charogne puisse dégoûter, mais les habitudes alimentaires du porc sont, elles aussi, assez répugnantes ; et parmi les poissons, la limande et le carrelet ont des goûts qui pourraient donner la nausée à un charognard.

La pampa héberge un autre animal aux habitudes aussi charmantes que celles du tatou sont répugnantes, mais je n'ai jamais réussi à le rencontrer. C'est la viscache, un rongeur de la taille d'un Cairn terrier et, comme lui, bas sur pattes. Sa face, assez semblable à celle d'un lapin, comporte trois bandes de fourrure (deux noires coupées par une grisâtre) qui partent des yeux et longent les joues, comme si la nature s'était amusée à la déguiser en zèbre et avait abandonné en cours de route. Vivant dans de vastes garennes souterraines appelées *vizcacheras*, leurs colonies peuvent compter jusqu'à quarante membres.

Les viscaches sont les bohèmes de la pampa. Elles mènent une vie libre et leurs vastes demeures souterraines accueillent sans discrimination toutes sortes de créatures étrangères à la communauté. C'est ainsi que les chevêches s'aménagent des studios dans le vestibule et que les serpents établissent parfois leur résidence dans les parties du nid inutilisées par la viscache, et qui sont probablement l'équivalent du grenier. Lorsqu'un tunnel est abandonné par la viscache à la suite d'agrandissements, les hirondelles (d'une certaine espèce) en prennent possession sans tarder. Résultat : beaucoup de ces garennes à viscaches abritent une population au moins aussi diversifiée que bon nombre de pensions de famille de Bloomsbury. Les viscaches tolèrent tous ces locataires parasites, à condition qu'ils se comportent bien. Les tendances artistiques de la viscache sont, j'en suis convaincu, fortement influencées par le surréalisme. L'abord immédiat de la garenne est soigneusement dégagé de toute verdure, de sorte que l'entrée de la colonie est une vaste étendue dénudée et littéralement damée par le passage de toutes les petites pattes. Cet espace, en plein milieu de la pampa, sert en quelque sorte d'atelier à la viscache, car c'est là qu'elle procède à des arrangements artistiques. Par-dessus de longues tiges sèches de chardon, elle dispose des pierres et des racines ; elle ajoute à ces natures mortes tous les éléments colorés qu'elle rencontre et qui lui tapent dans l'œil. J'ai examiné un jour l'extérieur d'une de ces *vizcacheras* : la pile habituelle de tiges de chardon, de racines et de pierres était agrémentée de vieux bidons d'huile, de trois morceaux de papier d'aluminium, de huit paquets de cigarettes d'un rouge éclatant, ainsi que d'une corne de vache. Cette composition fantastique, disposée avec tant de soin, en pleine pampa, me donna grande envie de rencontrer, dans son habitat, ce petit animal à la figure triste et rayée, que j'imaginais, installé devant sa tanière au clair de lune, en train de composer ses natures mortes. La viscache était jadis le plus commun des animaux de la pampa, jusqu'au jour où son régime végétarien et les ravages qu'elle causait en dégageant un espace pour ses réalisations artistiques attirèrent sur elle la foudre des agriculteurs. Les fermiers lui déclarèrent la guerre ; elle fut massacrée et chassée de la plupart des lieux qu'elle fréquentait.

Nous ne pûmes jamais en capturer une, ni même en apercevoir, ce que je regrette infiniment, car la viscache est peut-être, de toute la faune argentine, l'animal que j'aurais eu le plus de plaisir à connaître.

Intermède

La compagnie aérienne nous avait assuré qu'une fois nos animaux parvenus à Buenos Aires, nous serions en mesure de les expédier à Londres dans les vingt-quatre heures. Aussi, dès que le camion eut atteint les faubourgs de la capitale, téléphonai-je aux services responsables pour annoncer notre arrivée et leur demander de nous indiquer l'endroit où laisser notre chargement pour la nuit. On m'informa, avec beaucoup de courtoisie, que l'envoi ne pourrait être effectué avant une semaine et qu'il n'y avait nulle part à l'aéroport où entreposer des animaux. Se retrouver en rade à Buenos Aires avec un camion plein d'animaux sauvages était, avouons-le, légèrement inquiétant.

Comprenant la situation, le chauffeur nous proposa aimablement de les laisser dans le camion pour la nuit mais il faudrait les décharger au petit matin car il avait un autre transport à assurer. Nous acceptâmes son offre avec gratitude et, une fois le camion garé dans sa cour, nous commençâmes à nourrir les animaux.

Soudain, au milieu de l'opération, Jacquie eut une idée.

— Je sais ! s'écria-t-elle joyeusement. Téléphonons à l'ambassade.

— On n'appelle pas une ambassade pour lui demander d'héberger des animaux pendant une semaine. Ce n'est pas son rôle.

— Mais si tu appelais M. Gibbs ? reprit-elle, butée. Il pourrait peut-être nous aider. Ça ne coûte rien d'essayer !

Je finis par appeler l'ambassade en rechignant.

— Allô ! Vous êtes de retour ? dit Gibbs d'une voix joviale. Le séjour s'est-il bien passé ?

— Oui, c'était très agréable, merci !

— Et vous êtes contents de votre récolte ?

— Assez, oui. D'ailleurs, c'est à ce sujet que je vous téléphone. J'ai besoin de votre aide.

— Bien volontiers. De quoi s'agit-il ? demanda Gibbs sans se douter de rien.

— Il nous faut un endroit où laisser nos animaux pendant une semaine.

Il y eut un silence au bout du fil et je craignais que M. Gibbs, contrarié par une telle requête, s'apprête à raccrocher, quand il reprit d'une voix suave :

— C'est un problème, en effet… vous cherchez un jardin, j'imagine ?

— Un garage, de préférence. En connaissez-vous un ?

— Vous me prenez un peu au dépourvu… Il est rare qu'on me demande de trouver un hôtel pour des animaux, si bien que j'ai peu d'expérience en ce domaine, précisa-t-il. Mais… passez me voir demain matin, j'aurai peut-être une idée.

— Je vous remercie, dis-je. À quelle heure arrivez-vous à l'ambassade ?

— Oh, ne venez pas trop tôt, s'empressa-t-il d'ajouter. Attendez 10 h 30 ; ça me laissera le temps de prendre contact avec quelques personnes.

Je retournai auprès de Jacquie et de Ian pour leur faire part de ma conversation.

— 10 h 30 ? s'affola Jacquie. Mais c'est beaucoup trop tard. Le chauffeur vient de dire qu'il avait besoin de son camion à 6 heures.

Nous demeurâmes silencieux un moment.

— Je sais ! s'écria à nouveau Jacquie.

— Hors de question, répondis-je fermement. Je ne téléphonerai pas à l'ambassadeur.

— Non, je pensais à Bebita.

— Mais bien sûr ! C'était la première chose à faire.

— Elle aura une idée, c'est certain, reprit Jacquie qui semblait croire que tout le monde à Buenos Aires devait nous aider à trouver au pied levé un hébergement pour des animaux sauvages.

Je retournai passer un troisième coup de fil et ce fut une Bebita plus exquise que jamais qui me répondit.

— Allô… Bebita ! Comment allez-vous ?

— Gerry ? Ah, mon enfant, j'étais justement en train de parler de vous… Où êtes-vous ?

— Quelque part dans la banlieue… mais je ne saurais vous dire où exactement.

— Essayez donc de vous repérer... et venez dîner.

— Nous en serions ravis, si ça ne vous dérange pas.

— Comment voulez-vous que ça me dérange!

— À vrai dire... Bebita... je vous téléphonais pour vous demander un service.

— Certainement, mon petit. De quoi s'agit-il?

— Eh bien, nous sommes en rade avec tous nos animaux. Connaîtriez-vous un endroit où nous pourrions les garder pendant une semaine?

J'entendis, à l'autre bout, un petit rire étouffé.

— Ah, soupira-t-elle en affectant la résignation. Vous êtes un drôle d'homme! Vous arrive-t-il de penser à autre chose qu'à vos animaux?

— Je sais que ce n'est pas une heure... mais... nous serons dans une sacrée panade si nous ne trouvons pas très vite une solution.

— Ne vous tracassez pas, mon enfant. Laissez-moi faire... Rappelez-moi dans une demi-heure, v-v-voulez-vous?

— Merveilleux! dis-je, me sentant déjà mieux. Je suis navré de vous mêler à tout ça, mais il n'y a qu'à vous que je pouvais m'adresser.

— Sottise, sottise, sottise. Bien sûr que c'est à moi que vous deviez vous adresser. Au revoir.

Je la rappelai au bout d'une demi-heure qui nous avait paru interminable.

— Gerry? Je vous ai trouvé une sorte de hangar dans le jardin d'un ami qui est d'accord pour que vous y mettiez vos animaux.

— Bebita, vous êtes tout simplement merveilleuse ! m'écriai-je enthousiaste.

— Mais... naturellement, dit-elle en riant. Maintenant, prenez l'adresse de cet ami, emmenez-y vos animaux et venez dîner à la maison.

Très soulagés, nous partîmes dans la nuit tombante à l'adresse donnée par Bebita. Le camion s'arrêta dix minutes plus tard devant deux imposantes grilles de fer forgé d'où partait une allée couverte de gravier conduisant à une sorte de château de Windsor. J'étais certain que nous nous étions trompés quand soudain, ouvrant les grilles toutes grandes, un portier nous salua en souriant et s'inclina devant notre vieux véhicule comme s'il s'agissait d'une Rolls. Il nous indiqua une véranda fermée adossée à la maison : c'était là que nous pouvions nous installer. Encore sous le coup de la surprise, nous déchargeâmes nos animaux, rassurés qu'ils soient à l'abri. Mais je continuai de penser que nous nous étions trompés de maison, et nous nous dépêchâmes de repartir avant que le propriétaire ne surgisse pour nous en chasser. Bebita, toujours aussi belle et sereine, nous accueillit avec un sourire un brin amusé.

— Alors, les enfants, vos animaux sont-ils confortablement installés ?

— L'endroit est idéal, Bebita. Et c'est très généreux de la part de votre ami...

— Ah, soupira-t-elle, il est comme ça... un amour, si généreux... si charmant... Vous n'imaginez pas comme cet homme est charmant !

— Il vous a fallu longtemps pour le décider? demandai-je, incrédule.

— C'est son idée, je n'ai pas eu à le convaincre, dit Bebita innocemment. Je l'ai appelé, je lui ai raconté que nous voulions mettre quelques petits animaux dans son jardin, et il y a consenti tout de suite. C'est un ami, vous comprenez, dit Bebita, il était naturel qu'il accepte.

Elle nous adressa un sourire rayonnant.

— Je ne vois pas comment on pourrait vous refuser quelque chose, dis-je. Mais nous vous sommes extrêmement reconnaissants. Vous êtes une sorte de fée pour nous.

— Sottise, sottise, sottise ! Allez, venez dîner.

C'était purement et simplement un tour de magie que Bebita avait accompli pour nous, mais nous n'en prîmes véritablement conscience que le lendemain, en allant voir M. Gibbs.

— Je suis navré, nous dit-il comme nous entrions dans son bureau. J'ai appelé à plusieurs endroits, mais en vain.

— Oh, ne vous tourmentez plus, une amie nous a tirés d'embarras.

— J'en suis ravi. Où les avez-vous mis ?

— Dans une maison de l'Avenida Alvear.

— Où ça ?

— Avenida Alvear.

— Avenida Alvear ? répéta M. Gibbs, incrédule.

— Oui. Y a un problème ?

— Oh non... non, c'est seulement, reprit-il, que l'Avenida Alvear est à Buenos Aires ce que Park Lane est à Londres.

Peu de temps après – nos spécimens ayant été expédiés par avion –, nous eûmes la confirmation que notre voyage dans le Sud tombait à l'eau. Mais où aller ? Et puis un jour nous reçûmes un appel de Bebita.

— Écoutez, mes enfants, ça vous dirait aller au Paraguay ?

— J'adorerais aller au Paraguay, répondis-je, emballé.

— Eh bien, je crois que je peux arranger ça. Il faudra vous rendre à Asunción où j'ai un ami qui mettra à votre disposition son avion pour vous emmener dans un endroit qui s'appelle... Puerto Casado.

— Où j'imagine, dis-je, que tout est arrangé avec un autre de vos amis ?

— B-b-bien sûr. Avec qui d'autre voulez-vous que j'arrange ça, gros bêta ?

— Le seul hic, c'est que nous ne parlons pratiquement pas espagnol.

— J'y ai pensé. Vous vous souvenez de Rafael ?

— Oui, naturellement.

— Eh bien, il est en vacances, et il serait ravi d'être votre interprète. Sa mère pense que ce voyage lui fera le plus grand bien à condition que vous ne le laissiez pas attraper de serpents.

— En voilà une mère intelligente, m'écriai-je. C'est une riche idée, et je vous adore, vous et tous vos amis.

— Sottise, sottise, sottise, dit Bebita avant de raccrocher.

C'est ainsi que Jacquie et moi, nous nous envolâmes pour Asunción, capitale du Paraguay, en compagnie de Rafael de Soto Acebal, qui manifesta, tout au long du voyage, un tel enthousiasme qu'à côté de lui je faisais figure de vieux globe-trotter blasé !

Des champs de fleurs volantes

Le ciel était bleu pâle et inondé de lumière matinale quand le camion vint s'arrêter sur le petit aéroport à l'extérieur d'Asunción. Engourdis et ensommeillés, nous en descendîmes et déchargeâmes nos bagages, tandis que le pilote et le chauffeur disparaissaient dans un hangar délabré à l'extrémité du terrain. Au bout de quelques minutes, peinant sous l'effort, telles deux énormes fourmis brunes s'évertuant à déplacer un minuscule papillon, les deux hommes réapparurent. Ils poussaient devant eux un monoplan quatre places, joliment peint en rouge et argent. Rafael, assis sur une valise, avait du mal à garder les yeux ouverts.

— Regarde, Rafael, m'écriai-je d'une voix enjouée, voilà notre avion.

Il se leva d'un bond et, ouvrant de grands yeux derrière ses lunettes, il contempla le minuscule engin. Puis, d'un ton incrédule, il s'écria :

— C'est ça, notre avion ?

— On dirait bien.

— Parole !

— Qu'est-ce qui t'arrive ? demanda Jacquie. Il est charmant, ce petit avion.

— Petit, *si*, répondit Rafael, il est… *trop* petit.

— Il paraît assez robuste, dis-je pour le rassurer.

À cet instant précis, une des roues rencontra une touffe d'herbe, et l'appareil se mit à tanguer et à vibrer mélodieusement.

— Oh non, mon Dieu ! cria Rafael. Gerry, c'est pas possible, on va pas voler dans cette chose !

— Voyons, Rafael… tu n'as rien à craindre, dit Jacquie avec l'inconscience de quelqu'un qui n'a jamais pris un coucou.

— Vous êtes sûre ? demanda notre ami en posant sur elle un regard anxieux.

— Absolument sûre… on emploie beaucoup ces avions en Amérique.

— Je vous crois, Jacquie… mais l'Amérique c'est pas le Chaco… Regardez, seulement une aile, non ?… si elle lâche… alors on fait… boum… dans la forêt.

Et il retourna s'asseoir en nous fixant comme un hibou triste.

Ayant placé l'avion en position de décollage, le pilote s'avança vers nous avec un sourire qui découvrit ses dents en or.

— *Bueno, vamos*, annonça-t-il, et il se baissa pour ramasser les bagages.

Rafael se leva et prit sa valise.

— Gerry, je n'aime pas ça, répétait-il d'un air malheureux tandis que nous nous dirigions vers l'appareil.

Une fois les bagages chargés, il ne restait pas beaucoup de place, c'est vrai, mais nous réussîmes à nous caser, moi devant, à côté du pilote, Jacquie et Rafael derrière. Je montai le dernier et claquai la porte. Elle était tellement frêle qu'elle se rouvrit immédiatement. Le pilote se pencha pour la regarder.

— *No bueno*, expliqua-t-il et, d'une main puissante, il la claqua si fort que l'avion tangua.

— Parole ! gémit Rafael.

Le pilote trifouilla le tableau de bord en sifflotant gaiement, le moteur ronfla et l'appareil commença à vibrer. Bondissant sur le sol inégal, il avança, couchant l'herbe sur son passage ; puis nous fûmes dans les airs à tourner au-dessus de la verdure tropicale où s'entrecroisaient les routes de terre rouge. Nous survolâmes Asunción et ses maisons roses brillant au soleil, puis devant nous, par-dessus le cercle décrit par l'hélice, j'aperçus la rivière Paraguay.

À cette altitude on voyait nettement que la rivière formait une barrière entre deux paysages d'une nature différente : au-dessous de nous, s'étalaient les riches terres rouges, les forêts vertes et les pâturages qui entourent la capitale et composent la moitié est du Paraguay ; de l'autre côté de la rivière s'étendaient les plaines infinies du Chaco dont l'herbe, dans la brume du matin, apparaissait comme un métal terne, moucheté ici et là par le vert vibrant des broussailles et des sous-bois. Tel le flanc d'un gigantesque caniche, on aurait dit qu'elles avaient été tondues en laissant certaines zones laineuses. Paysage étrange dont le seul élément de vie était la rivière miroitante, qui se scindait ici en trois ou quatre bras, et plus loin en une infinité de bras dont chacun serpentait, s'enroulait et s'entremêlait dans un dessin aussi compliqué que les viscères de quelque monstrueux dragon d'argent.

Dès que nous eûmes passé la rivière et perdu de l'altitude, je me rendis compte que ce que j'avais pris pour une plaine desséchée était en réalité une étendue marécageuse, qui brillait de temps à autre au soleil. Les touffes de laine de caniche étaient en fait des massifs d'épineux épais dont jaillissaient ici et là quelques palmiers. À d'autres endroits, ces arbres poussaient en rangs serrés, comme dans une plantation. Partout, on apercevait de l'eau qu'un rayon de lumière faisait scintiller ; pourtant la végétation avait un aspect poussiéreux et parcheminé, les racines baignant dans l'eau mais les feuilles flétries par le soleil. C'était une région désolée, d'une étrangeté inquiétante, mais fascinante. Et puis, au bout d'un moment, le paysage me parut monotone, car les seules ombres étaient celles des palmiers qui se balançaient.

Le pilote fouilla sous son siège et en sortit une bouteille qu'il déboucha avec les dents. Il me la proposa. C'était du café glacé, non sucré, amer et très rafraîchissant. J'en bus une gorgée, je tendis la bouteille à Jacquie et à Rafael et la rendis au pilote. Quand il la prit entre ses dents et renversa la tête en arrière pour boire à son tour, l'avion piqua dangereusement vers la boucle argentée de la rivière, à près de mille mètres en dessous. Le pilote s'essuya la bouche du revers de la main et se pencha vers moi pour me crier à l'oreille, en montrant un point devant nous : « Puerto Casado ! »

Dans la brume de chaleur, je finis par distinguer, émergeant soudain du sol plat, la silhouette noire d'une colline vers laquelle, visiblement, nous nous dirigions.

— *Una hora más o menos*, hurla-t-il en levant un doigt : *Una hora... Puerto Casado... comprende ?*

Je somnolai tout le reste du trajet tandis que la masse sombre de la colline se rapprochait. Le nez de l'avion plongea et les courants d'air chaud ascendants, se saisissant de notre minuscule engin, le secouèrent et ballottèrent jusqu'au moment où il piqua brusquement. L'espace d'une seconde, le Chaco se dressa comme un mur, l'aile plongea dans la rivière et l'horizon fut au-dessus de nos têtes. Nous nous redressâmes pour atterrir avec précision sur une bande d'herbe que rien n'aurait distinguée du reste du paysage sans la présence d'une manche à vent jaune, pendant mollement à un mât. L'avion sautilla un moment sur le sol avant de s'immobiliser. Avec une grimace de satisfaction, le pilote arrêta le moteur et me montra le paysage d'un geste large.

— *Chaco !*

À peine avions-nous ouvert la porte de l'avion que la chaleur nous coupa le souffle.

L'herbe brune, dure et sèche, parsemée de fleurs jaunes et orange, ressemblait à un tapis recouvert de sciure de bois. Nous venions de décharger nos affaires lorsqu'un camion arriva, brinquebalant sur l'herbe. Le chauffeur était un petit Paraguayen rondelet, au sourire malicieux, que notre arrivée avait l'air de beaucoup amuser. Il nous aida à empiler nos bagages à l'arrière du camion qui, en tressautant, traversa la piste pour s'engager sur une route poussiéreuse sillonnée d'ornières à travers la forêt. Enveloppé par un nuage de poussière, et me préoccupant uniquement de me tenir à la portière, je n'ai pas beaucoup profité du paysage; dix minutes plus tard, nous entrions dans le village de Casado avec ses cabanes à demi délabrées et séparées par des chemins de terre ravinés. Un manguier constituait le point de rassemblement du village; les gens étaient réunis sous son ombre à dormir ou à bavarder, tandis que d'autres marchandaient au milieu d'un assortiment de produits étalés dans la poussière – potirons, canne à sucre, œufs, bananes.

La petite maison qui nous était destinée se trouvait au bout du village, à moitié cachée derrière un rideau de pamplemoussiers, d'orangers et de buissons d'hibiscus d'où jaillissaient d'énormes fleurs d'un rouge éclatant. Un réseau compliqué de micro-canaux d'irrigation, quasi obstrués par des touffes d'herbe et des plantes aquatiques, entourait la maison et son manteau de feuillage. Des nuées de moustiques bourdonnaient tout autour de ces canaux et à leur bruit s'ajoutait, le soir, le concert des rainettes, des crapauds et des cigales. Les rainettes lançaient leurs trilles flûtés, tandis que les crapauds éructaient d'un air méditatif et que les cigales crevaient l'air, par intervalles, de leur chant aigu, telle une scie électrique traversant une feuille d'étain. Sans être luxueuse, la maison était composée de trois chambres communicantes et qui toutes avaient des fuites. Un peu plus loin, reliées à la maison par un passage couvert, se trouvaient la cuisine et la salle de bains que nous allions partager – je le découvris dix minutes après notre arrivée – avec un assortiment varié de spécimens de la faune locale ; des centaines de moustiques s'y étaient réfugiés, ainsi qu'une colonie d'énormes cancrelats luisants et agiles, tandis que le sol était occupé par plusieurs araignées moroses. Quant au réservoir à eau des toilettes, il était devenu le domaine d'une famille de grenouilles arboricoles anémiques aux yeux immenses et d'un petit vampire qui pépiait férocement.

Jacquie, à qui j'aurais certainement dû faire part de mes découvertes, me succéda dans la salle de bains. Elle en ressortit comme une flèche, laissant tomber derrière elle savon, serviette et brosse à dents. Il semblerait qu'à son arrivée la chauve-souris, que toutes ces allées et venues commençaient à fatiguer, était sortie de la chasse d'eau pour venir voleter devant elle. Jacquie fit remarquer avec aigreur qu'elle n'avait encore jamais considéré les chauves-souris comme un accessoire indispensable à l'hygiène. Je finis par la persuader que, en dépit de son comportement peu amical, cette créature était absolument inoffensive ; ce qui n'empêche pas qu'elle surveillait la chauve-souris d'un œil inquiet chaque fois qu'elle entrait dans la salle de bains.

À peine avions-nous fini de défaire nos bagages que vint nous saluer un autre spécimen local, une Paraguayenne au teint et aux yeux sombres qui se présenta sous le nom de Paula, la gouvernante de la maison. Elle avait dû être une assez belle femme, mais disons qu'elle avait perdu de sa fraîcheur. Son corps débordait d'un peu partout, et pourtant ses mouvements gardaient une grâce et une légèreté surprenantes. Elle circulait à travers la maison comme un nuage brun cheminant vers une tempête ; tout en fredonnant, les yeux embués, quelque chanson d'amour, elle s'affairait au nettoyage avec une technique très particulière qui consistait à précipiter au sol d'un coup de chiffon tout ce qui se trouvait sur les tables et les chaises, puis à se baisser en geignant pour le ramasser. Nous ne tardâmes pas à découvrir que Paula était un personnage de haut rang de la communauté ; elle n'était pas moins que la Madame de l'endroit et régnait sur les jeunes personnes non mariées du village. À la fois patronne, maîtresse et protectrice de ces dames, elle prenait ses fonctions très au sérieux. Tous les quinze jours, quand arrivait le bateau qui assurait le trafic sur la rivière, elle descendait sur le quai avec ses filles et les surveillait d'un œil maternel tandis qu'elles alpaguaient les clients, marchandant avec l'équipage comme avec les passagers. Le bateau donnait un coup de sirène pour s'annoncer dès qu'il était à un kilomètre de l'arrivée ; c'était le signal pour Paula qui se précipitait pour s'habiller dans sa hutte. Elle bataillait d'abord pour enfoncer ses énormes seins dans un soutien-gorge minuscule et laissait vagabonder ce qui refusait d'entrer ; ce tour de force accompli, elle enfilait une robe de forme aussi extravagante que ses couleurs et se juchait sur des talons immenses.

Puis elle s'aspergeait généreusement d'un parfum asphyxiant et se dirigeait vers la jetée en poussant devant elle sa marchandise bavarde et gesticulante. On aurait dit une vieille maîtresse d'école essayant de tenir son petit troupeau indiscipliné. Étant donné l'importance de sa position, tout le monde, y compris les policiers, lui mangeait dans la main. Elle ne reculait devant aucune tâche et ne vous refusait jamais rien ; qu'il s'agisse de cigarettes brésiliennes de contrebande ou d'un bol de *dulce de leche*, elle dépêchait aussitôt ses filles à travers le village pour vous les procurer. Et malheur à celui qui refusait de contenter Paula : sa place dans le village s'en trouvait sérieusement compromise. Cela ne faisait pas de doute qu'il valait mieux s'en faire une alliée.

J'avais une grande envie d'aller explorer les environs, mais je dus me réfréner. Le reste de la journée se passa à déballer notre équipement et à nous organiser. Je chargeai Rafael d'interroger Paula sur les moyens de se rendre dans l'intérieur du pays. Il en existait trois : à cheval, en char à bœufs ou en *autovía*. Ce qu'elle appelait *autovía* et que nous allions pompeusement rebaptiser le chemin de fer du Chaco était en réalité deux rails étroits sur lesquels on faisait rouler de vieilles Ford hors d'usage. Cette voie ferrée s'enfonçait sur quelque deux cents kilomètres à l'intérieur du Chaco, ce qui pour nous était une aubaine. Paula ajouta que le départ de la voie se situait à l'autre bout du village, qu'on y verrait garées les *autovías* et qu'un conducteur pourrait nous indiquer l'heure du prochain départ. Nous partîmes donc, Rafael et moi, nous renseigner sur le chemin de fer du Chaco.

La voie partait bien de l'autre bout du village mais nous mîmes un certain temps à la repérer au milieu des mauvaises herbes qui l'avaient envahie. Sa vue me glaça d'épouvante. Écartés de quatre-vingts centimètres, les rails étaient si lustrés et déformés par l'usage, tellement sinueux, qu'on eût dit deux serpents argentés se tortillant à travers les herbes. Qu'un véhicule puisse se maintenir là-dessus me paraissait impossible. Plus tard, quand j'ai su à quelle allure roulaient les *autovías*, je n'ai cessé de me demander par quel miracle nous avions survécu à tant de voyages.

Quelques vieilles *autovías* délabrées étaient parquées un peu plus loin, et sous un arbre, endormi dans l'herbe, un conducteur tout aussi délabré. Nous le réveillâmes. Il nous informa qu'une *autovía* partait le lendemain matin pour un trajet d'une vingtaine de kilomètres, et que nous pourrions y embarquer si nous le souhaitions. Je m'efforçai de ne pas penser aux rails que je venais de voir, et je répondis que c'était d'accord ; ce voyage nous permettrait de nous faire une idée du pays et aussi de découvrir les oiseaux. Nous remerciâmes le conducteur qui marmonna « *Nada… nada…* il n'y a pas de quoi », avant de reprendre son sommeil interrompu. Nous rentrâmes pour annoncer la bonne nouvelle à Jacquie, en nous gardant bien de mentionner l'état du matériel.

Le lendemain, un peu avant l'aube, Paula débarqua dans notre chambre en ondulant et avec cet air abominablement enjoué que certaines personnes semblent réserver aux petites heures du jour. Elle nous apportait notre thé. Puis elle alla dans la chambre de Rafael que nous entendîmes répondre par des grognements inintelligibles.

Il faisait encore sombre dehors, mais le chant des cigales était déjà ponctué, de temps à autre, par le cri d'un coq ensommeillé. Rafael apparut, en caleçon, ses lunettes sur le nez.

— Cette femme… se plaignit-il, elle si contente de me réveiller… je l'aime pas.

— Ça te fait le plus grand bien, dis-je. Tu passes la moitié de ton existence endormi comme un ours en hiver.

— C'est très sain de se lever de bonne heure, renchérit Jacquie, hypocrite, en étouffant un bâillement.

— Tu viens comme ça ? demandai-je à notre interprète qui, visiblement troublé, semblait peser nos remarques. Tu as raison, ne change rien, repris-je sur un ton facétieux, ça te va à ravir… et oublie tes lunettes, comme ça tu ne verras pas les moustiques.

— Je ne pas compris, Gerry, finit par dire Rafael pour qui l'anglais n'allait pas de soi si tôt le matin.

— Tu ne perds rien… habille-toi, l'*autovía* ne nous attendra pas.

Une demi-heure plus tard, installés dans l'*autovía*, nous longions avec fracas la rivière couleur d'opale dans la brume du matin. À peine avions-nous quitté les abords du village et laissé derrière nous le dernier chien essoufflé que le soleil parut soudain derrière les arbres, inondant tout de sa lumière et balayant les dernières couleurs qui traînaient encore à l'est; roulant et tanguant, nous nous enfonçâmes dans les forêts du Chaco.

Les arbres n'étaient pas spécialement grands, mais si rapprochés que leurs branches s'entrecroisaient; au-dessous, le sol détrempé était peuplé de buissons épineux et, chose étrange, de cactées : certaines, garnies de petites touffes d'épines jaunes, ressemblaient à des assiettes vertes collées entre elles par les bords et recouvertes de fleurs mauve pâle ; d'autres, telles des pieuvres, étalaient leurs longs bras sur le sol ou venaient s'enrouler autour des troncs d'arbres qu'elles emprisonnaient; d'autres, enfin, ressemblaient à de gros bonnets à poil recouverts d'épines noires. Certaines de ces cactées avaient de l'eau jusqu'à mi-hauteur. Entre les rails poussaient des plantes hautes de quelques centimètres, coiffées de délicates cupules rouges. Leur tapis était si dense par endroits que j'avais l'impression de rouler sur un parterre de fleurs infini.

La forêt s'interrompait parfois pour faire place à un immense pâturage piqueté à perte de vue de grandes fleurs couleur flamme, et traversé d'une rangée de palmiers aux souples frondaisons comme des fusées vertes se détachant sur le ciel. Ces vastes champs étaient saupoudrés de tyrans tritri, à peine plus grands que des moineaux, le dos noir de jais et la poitrine et la gorge blancs comme l'hermine. Ils se perchaient sur des tiges rigides et sur des arbres morts, s'envolaient pour attraper un insecte, puis revenaient se poser, leur corsage luisant et scintillant comme une étoile filante. Les gens du pays les surnomment *flor blanca*, nom qui leur va à merveille. Devant nous, autour de nous, ce n'était qu'un formidable champ de fleurs volantes tournoyant, plongeant, un zigzag de taches blanches aussi pures que la réverbération du soleil sur l'eau.

Ce qui frappait le plus dans ce décor, c'étaient des arbres dont le tronc enflait, dès sa sortie du sol, comme une outre ; leurs branches, courtes et tordues, portaient de timides feuilles vert pâle. Ils traînaient en bandes, incapables de déplacer leurs troncs obèses gorgés d'eau.

— Comment appelle-t-on ces arbres ? demandai-je à Rafael, dans le fracas des roues.

— *Palo borracho*, me répondit-il ; voyez, Gerry, ils sont très gros. Les gens disent qu'ils ont bu trop, pour ça ils les appellent le bâton qui est ivre.

— Le bâton ivre ! Ces arbres ont choisi le bon endroit... La forêt entière a l'air ivre !

On aurait dit que la nature avait organisé un gigantesque raout de bouteilles, auquel elle avait convié un étrange aréopage de plantes tempérées, tropicales et subtropicales. Les palmiers se penchaient paresseusement et les épineux s'enroulaient autour d'eux en une étreinte enivrée ; des fleurs élégantes voisinaient avec des cactées mal rasées et les *palos borrachos* pansus, tels des buveurs de bière, formaient avec le sol un angle inquiétant. Au milieu de cette ivresse florale, les tyrans, au plastron immaculé, s'affairaient comme des garçons de café.

Un ravissant paysage, surgi à un tournant de la route, devait m'initier à un des plus grands inconvénients de cette région ; c'était un marais bordé de palmiers dans lequel quatre immenses cigognes *jabirus* cherchaient leur nourriture. Elles avançaient à travers les herbes et les étroits canaux brillants, majestueusement, comme des prédicateurs noirs en surplis blanc conduisant une procession. Leur corps était d'une blancheur immaculée, mais la tête et le bec, blottis dans les épaules voûtées, étaient noir anthracite ; elles s'arrêtaient parfois et, perchées sur une patte, secouaient leurs ailes avec grâce. Je criai au conducteur de s'arrêter, ce qu'il fit, l'air surpris, et l'*autovía*, dans un grincement, s'immobilisa à une vingtaine de mètres des cigognes, qui ne parurent pas le moins du monde troublées. Je m'étais mis en position d'observation, bien calé sur la banquette en bois, et venais de prendre mes jumelles quand un moustique d'une grosseur inhabituelle et rayé comme un zèbre s'éleva du marais, se précipita dans l'*autovía* et vint se poser sur mon bras. Je l'écrasai d'une tape et ajustai mes jumelles, mais dus les rabaisser aussitôt pour chasser quatre autres moustiques qui avaient découvert mes jambes. Je m'aperçus avec horreur que le léger brouillard qui glissait sur l'herbe était en fait un nuage d'insectes s'abattant joyeusement sur l'*autovía*. En quelques secondes, nous fûmes prisonniers de ce nuage ; après s'être attaqués à tout ce qui n'était pas protégé, visage, cou, bras, ils commencèrent à piquer à travers les vêtements sans rien perdre de leur vigueur. Tout en jurant et en me débattant, je priai le conducteur de repartir, car il est impossible, si enthousiaste soit-on, d'observer les oiseaux dans de telles conditions. Nous avions tort de nous croire complètement à l'abri. Quelques-unes de ces bestioles, plus obstinées que les autres, réussirent à nous accompagner pendant près d'un kilomètre. L'étude de la nature, et surtout la photographie, était devenue trop fastidieuse car les différentes manœuvres, manipulation des lentilles, etc., nécessitaient la présence d'un assistant pour éloigner les moustiques. Arrivés à Puerto Casado, j'avais gâché sept à huit mètres de film et nous étions tous trois rouges comme des homards et joliment enflés. Malgré ce qu'elle avait pu avoir de déplaisant, cette première incursion nous donna une idée du type de nature dans lequel nous allions travailler et des obstacles que nous allions vraisemblablement rencontrer. Il s'agissait désormais de nous mettre au travail, au vrai et d'extraire des profondeurs de la forêt ivre, infestée de moustiques, la faune qu'elle abritait.

Le tatou « orange »

Le premier spécimen capturé par un habitant de Puerto Casado nous fut livré quarante-huit heures après notre arrivée. Il était extrêmement tôt, ce matin-là, et les cigales et les grenouilles arboricoles se disputaient avec le coq la suprématie du bruit. Mais je fus réveillé par un cri si puissant qu'il étouffa les autres. Bondissant dans mon lit, je regardai Jacquie tout aussi abasourdie que moi. Avant que nous ayons eu le temps d'échanger le moindre mot, un autre cri assourdissant nous parvint et cette fois je sus qu'il provenait de la cuisine. Il fut suivi d'éclats de voix en guaraní.

— Mon Dieu ! s'exclama Jacquie, ça doit être Paula… qu'est-ce qui peut bien se passer ?

Je sortis du lit et cherchai mes pantoufles.

— Tu crois qu'on la viole ?

— Non, répondit ma femme d'une voix ensommeillée, elle ne crierait pas pour ça.

Je lui jetai un regard désapprobateur et me dirigeai vers la véranda encore enveloppée de brume. J'arrivai à la cuisine juste à temps pour assister à une scène curieuse. La porte était grande ouverte et la silhouette de notre gouvernante se détachait dans la lumière rosée du foyer de la cheminée. Elle avait les poings sur les hanches et sa magnifique poitrine se soulevait encore après les efforts qu'elle avait dû déployer pour se faire comprendre de son interlocuteur. C'était un petit Indien, vêtu d'un gilet et d'un pantalon déguenillés, avec dans une main un vieux chapeau de paille et dans l'autre quelque chose qui ressemblait à un ballon de football. Il parlait à Paula d'une voix douce comme pour la calmer, puis il lui tendit l'objet. Paula recula d'un air indigné et poussa un autre cri, si terrible cette fois-ci qu'un gros crapaud, paisiblement installé près de la porte, s'enfuit d'un bond dans le buisson d'hibiscus. L'Indien, moins impressionnable que le crapaud, posa son chapeau sur le sol, y plaça l'objet et se lança dans de grandes gesticulations entrecoupées de discours. Reprenant son souffle, Paula le foudroya du regard et l'accabla d'injures. Une telle joute verbale à 5 heures du matin, dans cette suite de sons gutturaux qu'est le guaraní, était trop pour moi.

— Hé oh ! criai-je. *Buenos días.*

L'effet fut immédiat. L'Indien ramassa le chapeau contenant le ballon, le serra contre lui, s'inclina et recula dans l'ombre. Remontant sa poitrine, Paula amorça une délicate révérence et se précipita vers moi tremblante d'émotion.

— Ah, señor, me dit-elle en joignant les mains avec ferveur, *ah, señor, este hombre... buenos días, señor yo lo siento...*

Je la regardai, le sourcil froncé et fis appel à mes maigres connaissances en espagnol :

— *Hombre,* dis-je en désignant l'Indien qui, dans l'ombre, faisait preuve de remarquables talents de camouflage. *Hombre... por qué usted argumentos ?*

Paula se précipita vers l'Indien et parvint, non sans peine, à l'extirper de sa cachette ; elle le poussa devant moi où il resta la tête inclinée, puis dans un geste superbe elle pointa sur lui un gros doigt brun.

— *Hombre,* répéta-t-elle, la voix grondante de fureur, *mal hombre... !*

— Pourquoi ? demandai-je, un peu peiné à cette idée.

Paula me regarda comme si j'avais perdu la raison.

— Vous demandez *por qué* ?

— Oui, *por qué* ? répétai-je comme dans un chœur.

— *Mire, señor,* regardez ! Mais regardez donc ! cria-t-elle en s'emparant du chapeau que l'Indien tenait serré contre lui et en me montrant le ballon niché à l'intérieur.

Maintenant qu'il était plus près, et même si je n'y voyais pas très clair, je constatai que l'objet du délit était plus petit qu'un ballon de football, mais qu'il en avait bien la forme. Nous le contemplâmes tous les trois en silence, puis Paula prit une grande inspiration et me cloua sur place avec un tir nourri d'espagnol où revenait souvent le mot *hombre*, le seul que j'étais capable de saisir. Je décidai d'appeler à l'aide.

— *Momento*, dis-je en levant la main et en repartant vers la maison.

— Mais enfin, que se passe-t-il ? demanda Jacquie.

— Je n'en ai pas la moindre idée, si ce n'est que Paula en veut terriblement à un Indien venu lui vendre quelque chose qui ressemble à un plum pudding.

— Un plum pudding ?

— Oui… un plum pudding ou un ballon de foot. Une sorte de croisement entre les deux. Je vais chercher Rafael.

— Ça ne peut pas être un plum pudding !

— Ah, tu crois ! Je te rappelle qu'on est dans le Chaco… tout est possible.

Rafael, enroulé dans ses couvertures, ronflait comme un bienheureux. Je les soulevai et lui donnai une tape sur le derrière. Il poussa un grognement. Après une seconde tape, il s'assit et me regarda la bouche grande ouverte.

— Debout, Rafael ! J'ai besoin d'un interprète.

— Oh, non, Gerry ! Maintenant pas, dit-il en geignant et en fixant sa montre de ses yeux myopes. Regardez, c'est 5 h 30… je peux pas.

— Allons… debout… tu es notre interprète.

Il chaussa ses lunettes. Froissé dans sa dignité, il me toisa du regard :

— Oui, d'accord, mais pas à cette heure.

— Cesse de parler, Rafael, et habille-toi. Paula est dans la cuisine avec un Indien, ils se chamaillent pour une histoire de football et je ne comprends pas un traître mot de ce qu'ils se disent, alors tu vas venir me traduire ça.

— J'adore ce Chaco! dit Rafael amer, en enfilant ses chaussures et son pantalon.

Puis, tout en continuant de protester, il me suivit à la cuisine où se tenaient Paula et l'Indien, le ballon de foot toujours dans le chapeau de ce dernier.

— *Buenos días*, dit-il en clignant des yeux. *Qué pasa?*

Paula gonfla alors la poitrine et se lança, avec force gesticulations, dans le récit de ce qui s'était passé, s'interrompant de temps à autre pour désigner le coupable. Son histoire terminée, elle s'appuya, épuisée, contre le mur en portant sa grosse main à sa poitrine haletante.

— Alors, demandai-je à Rafael qui semblait ahuri, que se passe-t-il?

Il se gratta la tête.

— Je compris pas tout, Gerry... elle dire que cet homme a apporté... une chose très mal... très sale, vous comprenez? Et il menti, il dit que vous voulez l'acheter.

— Et on peut savoir ce que c'est, cette chose, bon sang?

Rafael interrogea le propriétaire du plum pudding, qui leva la tête et sourit timidement.

— *Bicho*, répondit-il en tendant le chapeau.

C'était le premier mot, et pas des moindres à mes yeux, que j'avais appris en débarquant en Amérique du Sud. *Bicho* signifie littéralement «animal» et désigne n'importe quelle créature vivante. Je compris soudain que ce que j'avais pris pour un plum pudding était un animal. Avec une exclamation de ravissement j'écartai Rafael et arrachai le chapeau des mains du petit Indien ; je me précipitai dans la cuisine pour examiner la chose à la lumière d'une lampe à huile. À l'intérieur du chapeau se trouvait, ramassée en boule, une créature que je rêvais de rencontrer depuis longtemps : un tatou à trois bandes.

— Rafael, criai-je excité, viens voir ça.

Il me rejoignit dans la cuisine et fixa l'animal que je tenais dans mes mains.

— Qu'est-ce que c'est, Gerry ? demanda-t-il intrigué.

— C'est un tatou… tu sais bien, un *peludo*… ceux qui se roulent en boule. Je t'ai montré des photos.

— Ah oui, dit Rafael, comprenant enfin. Ici s'appelle *tatú naranja*.

— Que signifie *naranja* ?

— *Naranja*, signifier orange, Gerry. Le fruit, vous savez.

— Bien sûr… C'est vrai qu'il a l'air d'une grosse orange comme ça.

— Sûr que vous vouloir ça ? demanda Rafael avançant le doigt avec prudence.

— Tu plaisantes ! J'en veux des tas. Demande-lui, Rafael, où il l'a trouvé et quel est son prix… et s'il peut m'en procurer d'autres.

L'Indien avait sa revanche et se tenait contre la porte, l'air épanoui. Rafael l'interrogea, il secoua la tête vigoureusement et répondit dans un espagnol hésitant.

— Il pouvoir vous apporter plein, traduisit Rafael. Il y a beaucoup dans la forêt. Il demande combien il devoir en rapporter.

— Au moins... six. Mais quel est son prix?

Après un marchandage d'une dizaine de minutes, Rafael se tourna vers moi.

— Ça vous va, cinq *guaranís*?

— Ça me paraît raisonnable, répondis-je. Je vais lui payer celui-ci... Autre chose... demande-lui s'il pourrait me montrer l'endroit où ils habitent... veux-tu?

Autre conciliabule entre Rafael et l'Indien.

— Il dit si mais... c'est dans la forêt et on va à cheval.

— D'accord, répondis-je, ravi. Qu'il revienne cet après-midi et nous irons ensemble.

Rafael transmit ma proposition et l'Indien approuva avec un large sourire plein de gentillesse.

— *Bueno... muy bueno*, dis-je en souriant à mon tour, et maintenant je vais chercher son argent.

Je me précipitai vers la maison, le tatou dans mes mains. Paula soupirait d'indignation mais je n'étais pas d'humeur à m'intéresser à son cas. Je trouvai Jacquie assise sur son lit, en train de contempler tristement ses bras piqués par les moustiques.

— Regarde ce qu'on vient de m'apporter, dis-je tout joyeux en faisant rouler mon tatou sur le lit.

Tout à ma joie de recevoir un spécimen aussi singulier, j'avais oublié que ma femme n'était pas encore gagnée par la passion du collectionneur. Elle bondit hors du lit et atterrit à l'autre bout de la chambre.

— C'est quoi ? demanda-t-elle, se sentant plus en sécurité.

— Mais voyons, chérie... qu'est-ce qui te prend ? c'est un tatou...

— Comment veux-tu que je le devine ?

— Il ne te fera aucun mal... je t'assure. C'est parfaitement inoffensif.

— Je n'en doute pas, chéri... mais je n'ai pas l'intention de jouer avec lui dans mon lit, à 5 heures du matin. Pourquoi ne le mets-tu pas sur ton lit ?

Je l'y déposai avec tendresse, puis partis payer l'Indien. À notre retour, Rafael et moi trouvâmes Jacquie assise dans son lit, l'air très malheureux. Je jetai un coup d'œil vers mon lit et constatai, avec horreur, que le tatou n'y était plus.

— Ne t'inquiète pas, dit Jacquie d'une voix suave, cette exquise chose est partie s'enterrer.

Je fouillai sous les couvertures et sentis le tatou qui se débattait pour sortir des draps. Je l'en extirpai et tout de suite il se remit en boule. Assis sur le lit, je l'examinai. Il avait la taille d'un petit melon, avec sur un côté trois bandes – d'où son nom – de corne séparées par une mince ligne de peau gris rosé qui faisait office de charnière. En le retournant, on voyait comment la tête et la queue s'imbriquaient dans le dispositif de l'armure. Ces deux extrémités étaient protégées à leur sommet par un bouclier rugueux en forme de triangle isocèle. Une fois la tête et la queue repliées, les deux pièces de la cuirasse s'emboîtaient pour bloquer l'entrée conduisant aux flancs vulnérables du tatou. À la lumière, cette armure était de couleur ambre et composée comme une délicate mosaïque. Ayant expliqué à mon auditoire combien l'anatomie extérieure de cette créature était merveilleuse, je la déposai sur le sol et, en silence, nous attendîmes qu'elle se déroulât. La boule resta inerte quelques minutes, puis elle commença à s'agiter faiblement. Une faille apparut au milieu du triangle formé par la tête et la queue et, à mesure qu'elle s'élargissait, une sorte de petit grouin se montra. Le tatou entreprit alors de se dérouler ; à une vitesse surprenante il s'ouvrit comme un bourgeon étrange, laissant entrevoir un ventre rose et ridé, couvert de poils d'un blanc sale, des jambes courtes et rosées et une petite face triste comme celle d'un porc miniature, avec des yeux sombres et saillants. Il se retourna, et on ne vit plus de lui, sous sa carapace, que le bout de ses pieds et quelques touffes de poils. Couverte de piquants et d'excroissances, sa queue se projetait hors de l'armure à la manière d'un gourdin. La tête, ornée d'une coiffe triangulaire, portait de chaque côté la minuscule reproduction d'une oreille de mulet. Sous cette coiffe cornée, on distinguait les joues, le nez rose et les yeux inquiets qui brillaient comme deux perles de goudron. Les pattes arrière, semblables à celles d'un bébé rhinocéros, étaient rondes avec des ongles courts. Quant aux pattes avant, elles semblaient ne pas lui appartenir tant elles étaient différentes des autres ; armées de trois griffes recourbées, dont une plus longue au milieu, elles rappelaient les serres de quelque oiseau de proie. Son arrière-train reposait sur ses pattes arrière complètement plates, tandis que l'avant de son corps portait uniquement sur ces longues griffes médianes : sa patte soulevée ne touchant pas le sol, il avait l'air de faire des pointes.

Il resta quelques instants à l'arrêt, le nez et les oreilles tressautant nerveusement, puis il se mit en mouvement, ses courtes jambes se déplaçant à une vitesse inimaginable, tandis que les griffes cliquetaient sur le sol dallé. À le voir avancer ainsi, le corps immobile, sur ces petites griffes qui frappaient à un rythme régulier, on songeait non pas à un animal, mais à un jouet mécanique, d'autant qu'il fonça dans le mur qu'il n'avait pas vu. Nous entendant rire, il s'arrêta et s'arqua en position de défense, prêt à se remettre en boule. Notre silence lui redonna confiance et il se mit à renifler le mur, puis l'attaqua à coups de griffes, dans l'espoir, sans doute, de passer à travers. Puis il fit demi-tour et cliqueta à travers la pièce jusque sous mon lit.

— On dirait un cloporte géant, murmura Jacquie.

— J'adore ce *bicho*, dit Rafael, l'air épanoui derrière ses lunettes. Il se déplacer comme un tank, non ?

Le tatou finit par réapparaître et se dirigea vers la porte. Le malheur voulut qu'à cet instant précis Paula fasse irruption dans la chambre avec notre plateau de thé. Son entrée massive, mais silencieuse – elle était nu-pieds –, échappa au tatou dont la vue, apparemment, n'était pas excellente. Paula, qui entre sa formidable poitrine et le plateau ne voyait pas le sol, s'arrêta sur le seuil et nous adressa un grand sourire.

— *Buenos días*, dit-elle à l'adresse de Jacquie, *el té, señora.*

Butant dans les pieds de Paula, le tatou s'arrêta, renifla cet obstacle nouveau et, le jugeant assez moelleux, décida de poursuivre sa route. Avant qu'un de nous ait eu le temps d'intervenir, il avait planté une griffe dans le gros orteil de Paula.

— *Madre de Dios!* hurla-t-elle avec un cri encore plus strident que ceux entendus le matin.

Elle repassa la porte à reculons, tenant encore miraculeusement mais pas pour longtemps le plateau en équilibre ; à peine arrivait-elle dans le salon obscur que le plateau pencha et qu'un pot de lait s'écrasa sur le sol, juste devant le tatou. Il renifla prudemment le lait à plusieurs reprises, puis, rassuré, commença à le laper. Rafael et moi, malgré notre hilarité, nous précipitâmes pour calmer notre gouvernante affolée et la débarrasser du plateau. L'animal, que ce remue-ménage avait incommodé, s'était réfugié derrière une pile de valises. Je dois préciser que les valises en question étaient bourrées de films, de batteries et de tout un attirail de travail. Elles étaient tellement lourdes que j'avais du mal à en soulever une. Et pourtant ce petit animal ayant décidé qu'il y serait à l'abri avait glissé son nez entre le mur et les valises, et les avait repoussées comme des cartons vides. C'est dire sa force. Installé là, il grattait avec acharnement. Au bout d'un instant, il se tint tranquille et je décidai de l'y laisser jusqu'à ce que nous ayons bu notre thé.

— Cette femme… quel bruit elle fait, gloussa Rafael, qui réapparut en essuyant ses lunettes.

— Est-ce qu'elle va rapporter du lait ?

— Je l'ai demandé à elle. Vous savez, Gerry… elle comprend pas que vous voulez des *bichos*. Personne lui dire qu'on est venus pour les *bichos*.

— Et vous le lui avez expliqué ?

— Oh oui. Je lui ai dire que sommes venus au Chaco spécialement pour trouver *bichos* pour les *zoológicos*.

— Et qu'a-t-elle dit ?

— Que les gringos sont fous… et que Dieu la protège, me répondit Rafael avec une grimace.

Après le petit déjeuner, servi par une Paula encore tremblante, nous nous attelâmes à la construction d'une cage pour notre tatou ; nous vîmes grand, dans l'espoir qu'il n'y resterait pas longtemps seul. J'allai arracher notre animal à sa retraite entre le mur et les valises. À peine l'en eus-je extirpé qu'il se mit en boule en émettant de faibles sifflements ; chaque fois que je lui touchais le nez ou la queue, il s'arquait et poussait un ronflement d'irritation. Je criai à Jacquie d'apporter le magnétophone et, après l'avoir placé tout près de l'animal, je lui touchai le nez légèrement. Aussitôt, il se referma en une boule compacte, inerte et silencieuse ; nous avons tout essayé, cajoleries, petites tapes, sans parvenir à susciter le moindre son. Dégoûtés, nous finîmes par le remettre dans sa cage ; il fallut attendre le lendemain matin pour qu'il sorte de son silence.

L'Indien arriva, comme convenu, dans l'après-midi, amenant avec lui trois misérables chevaux. Après avoir rassemblé nos sacs et nos accessoires de travail, nous prîmes la route pour la chasse aux tatous « oranges ». Passé le village, nous longeâmes pendant deux kilomètres la voie ferrée, puis le cheval de notre guide descendit le remblai et chemina le long d'un sentier sinueux qui s'enfonçait à travers une épaisse végétation de buissons épineux et de cactées. Un colibri au plumage vert et or picorait une fleur de liseron blanc à un mètre au-dessus de ma tête ; je tendis la main vers la fleur, il y eut un frémissement léger, et l'oiseau s'évanouit, abandonnant la trompette blanche à la brise légère. Nous étions à l'heure la plus brûlante de l'après-midi et nos chapeaux à large bord ne suffisaient pas à nous protéger de l'éblouissante lumière. Autour de nous, les cigales se gorgeaient de soleil et déchiraient l'air de leurs cris stridents et mécaniques.

Les épineux laissèrent brusquement la place à un grand pré, traversé de rangées de palmiers géants qui projetaient leur ombre sur l'herbe dorée. Deux ibis à face noire, barbichette noire, corps cannelle et plumage gris-noir, se promenaient dans les herbes, fouillant les trous d'eau de leur long bec en forme de faux. Ils battirent des ailes en nous voyant et s'élevèrent entre les palmiers en poussant de rauques « cronk... cronk ». Ce pré était coupé en deux par un large ruban de ravissantes fleurs bleues serpentant à la manière d'un ruisseau ; et c'en était bien un, mais tellement envahi de ces fleurs bleues qu'on ne le voyait plus. Elles reposaient sur de grandes feuilles luisantes qui se chevauchaient et leur bleu était si immatériel qu'on eût dit une portion de ciel, posé entre les troncs de palmiers. Nous traversâmes la rivière, les sabots des chevaux écrasaient les plantes et les fleurs, faisant apparaître d'étroits canaux.

Des libellules noir et rouge, aux ailes transparentes vibrant au soleil, tournaient paresseusement autour de nous. Avant de retrouver la forêt et son ombre, je me retournai sur ma selle pour contempler une dernière fois ce tapis de fleurs bleues où notre passage avait laissé une zébrure scintillante, tel un éclair dans un ciel d'été.

De nouveau, ce fut l'ombre chaude des palmiers et les buissons d'épineux; un toucan solitaire prit peur à notre passage. Avec son énorme bec jaune, ses yeux cernés de taches bleues et son plumage aux couleurs aussi tranchées, noir sur le dos, blanc sur la poitrine, il ressemblait à un clown en habit, encore maquillé. Il nous regarda avancer en tournant la tête d'un côté puis de l'autre en produisant de petits ronflements d'asthmatique qui me faisaient penser à une vieille horloge sur le point de sonner. Un des chevaux s'ébroua soudain; alors, claquant son grand bec et poussant des cris d'alarme, notre toucan s'envola pour disparaître dans un enchevêtrement de branchages.

La végétation d'épineux se fit progressivement moins dense et des plaques de sable blanchâtre apparurent, sur lesquelles poussaient des bouquets d'herbe et de cactées. L'herbe était complètement décolorée par le soleil, et le sol n'était qu'une croûte dure qui craquelait sous les sabots des chevaux. Seules les cactées étaient vertes dans ce décor de sable et d'herbe brûlée; elles seules sont susceptibles de capter la moindre rosée ou goutte de pluie, puis de la stocker et de vivre sur cette réserve, de même qu'un animal en hibernation subsiste grâce aux graisses accumulées durant l'automne. Plus élevée de quelques centimètres, cette zone n'était pas inondée et détrempée comme les terres environnantes, mais constituait un îlot de sécheresse, au milieu des terrains marécageux qui l'entouraient. Dans l'immensité uniformément plate qu'est le Chaco, toute élévation de terrain venant rompre cette monotonie faisait figure de montagne. Soudain, notre guide échangea quelques mots avec Rafael qui amena son cheval à ma hauteur.

— Ici les tatous, Gerry, me dit-il, les yeux brillants d'excitation derrière ses lunettes. Plus marcher côte à côte maintenant, marcher les uns derrière les autres. Compris ? Si vous voyez le tatou, vous accélérer et le tatou se met en boule.

— Il n'y a pas de danger qu'il se sauve ?

— Non. L'Indien dit qu'il s'arrête et se met en boule.

— J'ai du mal à le croire, répondis-je.

— Non, c'est vrai, Gerry…

— Alors, c'est un animal drôlement stupide !

— Oui… l'Indien dit qu'il est *muy estúpido*.

Le silence retomba. À cinquante mètres les uns des autres, guidant nos chevaux entre les épineux, nous cheminions au bruit léger des sabots et au grincement des harnais auxquels s'ajoutait l'éternel cri des cigales. Mes yeux s'efforçaient, à travers cette chaleur scintillante, de percer les sous-bois. Une dizaine de coucous guiras, telles de petites pies brunes, avec leurs longues queues élégantes, s'élevèrent d'un buisson et s'envolèrent en jactant bruyamment.

Soudain, sur ma droite, j'aperçus la silhouette bombée d'un tatou, marchant de son pas mécanique à travers les touffes d'herbe. Avec un cri, j'éperonnai mon cheval qui réagit au quart de tour, m'obligeant à m'accrocher au pommeau de ma selle comme un bleu pour éviter d'atterrir dans les cactées ; puis il adopta le petit galop, soulevant sous ses sabots des nuages de sable blanc. Nous n'étions plus qu'à vingt mètres environ de la victime quand elle nous entendit ; elle pivota, renifla et se mit en boule avec une rapidité ahurissante. J'étais un peu déçu que la réputation de stupidité de cet animal se confirme ; il lui aurait été facile de s'éclipser dans un buisson. À huit mètres, je mis pied à terre, j'attachai mon cheval à une touffe d'herbe et avançai pour ramasser ma prise. La végétation, à mon grand étonnement, était beaucoup plus haute que je ne l'avais cru et je ne voyais plus mon tatou ; j'avançai, sachant qu'il n'était pas loin. Quand je m'arrêtai pour me repérer, je m'aperçus que mon cheval était à beaucoup plus de huit mètres. Je compris que j'avais pris la mauvaise direction et revins sur mes pas, furieux contre moi-même ; j'errai encore un moment à travers les buissons avant de me résigner à rejoindre mon cheval sans avoir retrouvé l'animal. Vexé que mon tatou se soit ainsi joué de moi, je remontai en selle : il était là, à huit mètres, il n'avait pas bougé. Remettant pied à terre, j'avançai, en m'arrêtant de temps à autre pour regarder autour de moi. Arrivé dans la zone où il était censé être, je marchai lentement, de long en large, et passai même deux fois près de lui sans le voir. En ramassant la petite créature, toute chaude de soleil, je la priai de m'excuser d'avoir mis en doute sa stratégie. Je rejoignis Rafael et l'Indien, et, dans les deux heures qui suivirent, nous explorâmes attentivement l'îlot asséché et, aussi facilement que j'étais tombé sur le premier, nous surprîmes trois autres tatous. Puis, le soir venant, nous reprîmes le chemin du retour. En repassant la rivière aux fleurs bleues, nous fîmes se lever un nuage de moustiques qui nous escortèrent jusqu'à la maison et qui, à la fin de la promenade, s'étaient tellement gorgés de notre sang que leurs corps transparents ressemblaient à des lanternes rouges japonaises. La nuit était tombée quand nous atteignîmes le village. Nos chevaux traînaient d'un pas las le long de la route boueuse et des buissons scintillant de milliers de lucioles, tandis que les chauves-souris ouvraient la marche en gloussant.

Nous trouvâmes Jacquie occupée à écrire en compagnie du tatou qui trottait dignement tout autour de la chambre. Il avait passé l'après-midi à jouer avec le grillage de sa cage qu'il avait fini par arracher et elle l'avait rattrapé au moment où il allait s'engouffrer dans les buissons d'hibiscus. Elle l'avait ramené et laissé en liberté dans le salon jusqu'à notre retour. Le dîner terminé, nous déballâmes sur le sol notre troupe de tatous qui s'ébattirent dans un bruit de castagnettes; puis, aidé de Rafael, je remplaçai le grillage de la cage par des barreaux de bois. Nous laissâmes celle-ci pour la nuit au milieu du salon afin de nous assurer qu'elle était assez solide pour héberger nos tatous. Au matin, les barreaux avaient un peu souffert mais ils avaient tenu et les animaux dormaient tous roulés en boule.

Le problème de la cage résolu, je me croyais tranquille, car les tatous à trois bandes sont en général faciles à garder en captivité. Leur nourriture ne devait, logiquement, pas poser de problème. Ils adorent les fruits et la viande, et ne sont pas spécialement délicats étant donné qu'une chair en putréfaction ne les rebute pas quand ils sont à l'état sauvage. Les manuels assurant que le tatou à trois bandes, dans la nature, se nourrit d'insectes et de larves, j'avais pensé commencer par leur offrir ce qui était leur nourriture habituelle, puis les soumettre peu à peu à une nourriture de remplacement. Nous passâmes ainsi des heures à chasser des insectes dont nous leur présentâmes un assortiment complet. Mais au lieu de se pâmer devant cette variété de vers, chenilles et coléoptères que nous avions eu tant de peine à collecter, nos animaux semblèrent paniqués et battirent en retraite avec une expression dégoûtée. Après cet échec, je revins au régime classique du tatou en captivité, mélange de viande émincée et de lait. Malheureusement, s'ils consentaient à prendre un peu de lait, ils refusaient la viande. Au bout de trois jours de jeûne, je commençais à craindre qu'ils s'affaiblissent terriblement et songeais à les remettre en liberté. Nos vies étaient devenues un enfer. Nous passions nos journées à chercher ce qui pouvait leur plaire, mais chaque nouvelle offrande était accueillie avec le même dédain jusqu'à ce qu'enfin, et par hasard, je trouve une mixture à leur goût: bananes écrasées, lait, viande émincée, cervelle et œufs crus. C'était à soulever le cœur, mais les tatous en raffolèrent. À l'heure du repas, ils se ruaient sur leur gamelle, se disposaient tout autour en jouant des coudes et, le nez enfoui dans cette bouillie gluante, ils grondaient, reniflaient et éternuaient en s'aspergeant les uns les autres.

La question du régime alimentaire réglée, je n'envisageais plus aucune complication. Tout alla bien pendant un temps. Dans la journée, les tatous dormaient roulés en boule ou couchés sur le côté de manière à pouvoir s'emboîter. Ils s'éveillaient vers 15 h 30, quittaient leur dortoir et venaient faire des pointes tout autour de la cage, en tapotant contre les barreaux et en sortant la tête pour renifler et tenter de savoir où en était leur repas. Une rixe éclatait parfois entre les mâles – la tactique consistait à acculer son adversaire dans un coin et à le renverser sur le côté en glissant la tête sous sa carapace; puis le vainqueur se couchait lui aussi sur le côté et s'attaquait au ventre de son adversaire qu'il grattait frénétiquement comme s'il cherchait à l'éventrer. Bien que presque toujours inoffensifs, ces combats m'inquiétaient, surtout quand ils avaient lieu à l'heure des repas; car les gros s'en prenaient toujours aux petits qui, de ce fait, ne pouvaient pas s'approcher de la nourriture. Pour préserver ces derniers, je décidai d'apparier les mâles et les femelles de taille à peu près semblable. Je construisis donc une cage que Jacquie appela Sing-Sing, composée d'appartements en étage, chacun avec son dortoir. Notre collection s'était encore enrichie et comptait dix sujets, ce qui donnait quatre couples et deux mâles isolés. Car les femelles, si je me fiais à ce qu'on nous apportait, semblaient moins nombreuses que les mâles. Les couples vivaient désormais en harmonie dans leurs appartements, et l'heure des repas devint calme.

Un jour, après les avoir nourris, Jacquie arriva, l'air soucieux, tenant dans sa main l'un des plus gros tatous mâles. Ils avaient perdu toute crainte et ne se mettaient plus en boule dès qu'on les touchait; celui-ci, heureux et béat, se laissait tapoter gentiment le ventre.

— Regarde-moi ses pieds, me dit Jacquie en me tendant l'animal pour que je l'examine.

— Qu'est-ce qu'ils ont? demandai-je, prenant dans mes mains l'animal à demi hypnotisé.

— Regarde ses pattes arrière, la chair est complètement à vif.

— La vache! Comment s'est-il fait ça?

— Je commence à me demander si ces bêtes-là valent le coup, répondit Jacquie. À elles seules, elles nous ont déjà donné plus de fil à retordre que tout le reste de la collection.

— Comment sont les autres?

— Je n'ai pas regardé. Celui-ci est tombé de la cage quand j'ai ouvert la porte pour les nourrir et c'est en le ramassant que j'ai vu ses pattes.

À notre grande consternation, tous les autres avaient la plante des pieds mise à nu. Je me creusai la tête pour essayer de comprendre et finis par conclure que le sol en bois de leur cage était trop dur pour le sport incessant qu'ils pratiquaient. Il fallut sortir les tatous de Sing-Sing tous les jours, et les aligner par terre comme une rangée de citrouilles tandis que nous leur enduisions la plante des pieds d'un onguent à la pénicilline. Puis je tentai de remédier à la cause et recouvris le sol de la cage d'une épaisse couche de terre meuble. Opération parfaitement inutile, car ils projetaient leur pâtée tout autour d'eux en mangeant et pataugeaient dans cette colle qui durcissait comme du ciment, non seulement sur le sol, mais sous leurs plantes. Je tentai autre chose, une couche de sciure de bois recouverte de feuilles et d'herbe, et ce fut la solution idéale. Ils se cicatrisèrent en quelques semaines et le problème ne se posa plus.

Je comprends fort bien que, pour un profane, tant de soins et de temps accordés à un animal insignifiant puissent paraître déplacés ; pour nous, cela représentait un succès important. Certes, le travail du collectionneur consiste à trouver une créature rare et à la capturer, mais il faut ensuite lui donner l'abri et la nourriture adéquats, et résoudre, si besoin, ses problèmes de santé, tâches exaspérantes parmi d'autres, parfois décourageantes, mais inhérentes à la profession, et qui comportent en soi leur récompense. Le collectionneur éprouvera toujours de la gratitude envers un animal qui s'installe en captivité sans poser de problèmes d'aucune sorte ; alors qu'une créature rusée, entêtée ou particulièrement délicate est un véritable défi qui vous apportera la plus grande des satisfactions si, après bien des efforts, vous en venez à bout.

Bichos en pagaille

Nous ne tardâmes pas, grâce à nos efforts et à ceux des habitants (sous la férule de Paula), à réunir un nombre si important d'animaux que nous n'avions plus une minute à nous. Entre la construction des cages et leur nettoyage, les enregistrements et la prise de vue, nous n'étions pas trop de trois, si bien que je décidai de confier à un menuisier la fabrication des cages. Et cela à contrecœur, car je savais que j'allais au-devant de difficultés supplémentaires en chargeant un artisan, même habile, d'exécuter un travail nouveau. C'est ainsi que le lendemain, toujours grâce à l'intervention de Paula, nous vîmes débarquer un petit homme rond au visage aussi dépourvu d'expression qu'un poisson rouge. D'une voix rauque, il nous dit s'appeler Anastacius. Après lui avoir expliqué longuement ce que nous attendions de lui, nous lui confiâmes une caisse qu'il devait transformer en cage à oiseaux. Non seulement il sifflait faux et sans arrêt, mais il avait l'air de penser que les clous étaient habités d'une force propre ou d'un esprit malin. Il les enfonçait dans le bois et continuait de taper longtemps après qu'ils avaient pénétré dans la planche. Puis il s'arrêtait, et les contemplait d'un œil méfiant au cas où ils s'aviseraient de ressortir. Les clous s'y risquaient rarement, mais s'il arrivait qu'Anastacius perçoive un léger mouvement, il abattait à nouveau son marteau jusqu'à ce qu'il soit certain que le clou ait rendu l'âme. Dès qu'il avait réussi à tuer un clou, il s'autocongratulait par un sifflement triomphal. Après deux heures d'une lutte sonore qui nous valut à tous une solide migraine, il vint nous montrer le résultat.

Il n'y a rien de plus simple à construire qu'une cage à oiseaux : il suffit de poser un grillage sur la façade d'une caisse en gardant en bas un espace ouvert d'un centimètre afin de faciliter le nettoyage, d'y installer deux perchoirs et de prévoir une porte suffisamment grande pour y passer la main. Anastacius avait réussi à produire un chef-d'œuvre : le cadre était un cimetière de clous écrabouillés et le grillage portait la trace des coups de marteau approximatifs de son créateur ; la porte, une fois fermée, était presque impossible à ouvrir et, une fois ouverte, était trop petite pour y passer une main ; quant à l'ouverture du bas, elle était assez vaste pour que n'importe quel oiseau – à l'exception d'un très gros vautour – puisse s'échapper aisément. Nous contemplâmes ce travail en silence.

— Je crois, Gerry, finit par dire Rafael, on a intérêt à faire nous-mêmes. Non ?

— Non, Rafael. Nous avons trop de travail. Laissons-le continuer. C'est bien le diable s'il ne fait pas de progrès.

— Il peut difficilement faire pire, dit Jacquie. Qu'allons-nous mettre dans une cage pareille? Il faudrait un animal apprivoisé qu'on pourrait rattraper s'il s'échappait.

Pendant une semaine, le Boucher, comme nous l'appelions, resta à notre service : non seulement il ne fit aucun progrès, mais chaque cage qui sortait de ses mains était pire que la précédente. Le summum fut une cage spéciale que je lui demandai de doubler d'une feuille d'étain. Il avait fixé l'étain en enfonçant d'énormes clous sans les rabattre à l'intérieur, ce qui faisait que la cage ressemblait à une chambre de torture médiévale.

— Je n'en peux plus, dis-je à Rafael. Il faut que cet homme s'en aille ; c'est un malade mental. Tu as vu cette cage? Il doit s'imaginer qu'on veut tuer les animaux et non les garder en vie. Dis-lui qu'il est viré et demande à Paula qu'elle nous trouve quelqu'un d'autre... de moins stupide.

Le Boucher s'en retourna à ses travaux de démolition dans le village, et le lendemain matin, Paula apparut suivie d'un homme jeune et mince à l'air timide, coiffé d'une casquette à large visière, qu'elle nous présenta comme le nouveau menuisier, et dont elle nous vanta l'habileté et l'intelligence. Il examina attentivement les cages que nous avions fabriquées, Rafael et moi, et nous assura qu'il pouvait en exécuter de semblables.

— Parfait, dis-je à Rafael. Comment s'appelle-t-il?

— *Como se llama?* demanda Rafael.

— Julio César Centurión, répondit l'homme avec un petit rire embarrassé.

C'est ainsi que nous fîmes connaissance avec Julio, qui fut le plus charmant et le plus aimable des garçons et aussi le plus ingénieux. Et encore plus important, un excellent ouvrier, sur lequel nous pouvions nous reposer pleinement.

Il est rare que dans une collection d'animaux l'on ne s'attache pas particulièrement à l'un ou deux d'entre eux. Non pas en raison de leur rareté ou de leur étrangeté, ni même de leur intelligence, mais plutôt de quelque chose qui échappe à l'analyse et vous séduit dès les premiers instants. Ils possèdent un rayonnement et un charme qui les sortent du lot et en font les mascottes d'un camp. Au Chaco, nous en eûmes d'abord trois auxquels devait se joindre un quatrième qui éclipsa tous les autres (j'y reviendrai plus tard). Les trois créatures étaient aussi dissemblables que possible, et pourtant toutes avaient en commun cette marque fondamentale qui faisait d'elles des individualités et non de simples spécimens.

La première d'entre elles, Cai, était une guenon douroucouli. Elle nous fut apportée, un jour, par un Indien assez repoussant, coiffé d'un vieux chapeau de paille orné d'un ruban bleu. J'étais ravi ; j'ai une passion pour les singes, mais les douroucoulis m'intéressent particulièrement, car ce sont les seuls primates nocturnes au monde. Cai, de la taille d'un chaton, avait le dessus du corps recouvert d'une fourrure gris verdâtre, un peu comme du lichen, et la poitrine et le ventre d'un joli ton orange pâle qui allait en dégradé jusqu'au beige. Ses petites oreilles étaient tellement poilues qu'on les distinguait à peine. Elle avait d'immenses yeux d'ambre pâle cernés de fourrure blanche ourlée de noir. Avec cette espèce de loup, ses gros yeux d'ambre et ses oreilles invisibles, Cai ressemblait à un hibou. Elle était très maigre et en piteux état, et si nerveuse pendant les trois premiers jours qu'on n'arrivait à rien. Nous l'attachâmes à un piquet près d'une caisse où elle pouvait s'isoler et au début elle y passa tout son temps, prostrée. Dès qu'on l'approchait, elle se recroquevillait et nous fixait de ses grands yeux épouvantés tandis que ses petites mains tremblaient de peur. Naturellement, elle était affamée et se jetait sur la nourriture qu'on lui apportait. Mais si grande qu'ait été sa faim, elle attendait toujours qu'on s'éloigne pour sortir de sa boîte et se nourrir. Un jour, je réussis à attraper un lézard que j'assommai ; accroupi près de sa boîte, je lui tendis le régal encore tout palpitant dans le creux de ma main. Elle jeta un coup d'œil sur cette friandise et son envie fut si grande qu'elle oublia toute prudence. Bondissant hors de sa boîte avec un petit cri, elle se saisit du lézard et se posa en face de moi. S'apercevant soudain que j'étais beaucoup trop près d'elle, elle s'apprêtait à battre en retraite quand la queue du lézard s'agita dans un dernier soubresaut. Sans plus penser à ma présence, elle se concentra sur la queue qu'elle arracha d'un coup de dent ; et, la tenant d'une main, elle s'assit pour la mordiller comme une branche de céleri. J'attendais immobile qu'elle ait fini son repas. Elle mangeait en m'observant de ses immenses yeux limpides. Quand elle eut fini de mastiquer le dernier morceau de lézard, qu'elle avait retiré de sa bouche, examiné, remastiqué puis avalé enfin, elle inspecta soigneusement ses mains et le sol autour d'elle pour s'assurer qu'il n'en restait pas la moindre parcelle. Elle étira alors sa patte arrière, se gratta vigoureusement la cuisse, se leva et disparut dans sa boîte. De ce jour naquit sa confiance.

Cai ne tarda pas à nous faire comprendre qu'elle ne se sentait pas à l'aise, ainsi attachée au milieu de la pièce, et qu'elle avait besoin d'un peu plus d'intimité. Je m'employai donc à lui fabriquer une cage. C'était une construction étroite et haute avec une chambre à l'étage. Elle adorait cette chambre et y passait le plus clair de son temps. Seuls la tête et le bout des pattes dépassaient de la porte. C'est dans cette position qu'elle s'endormait, fermant d'abord les yeux à demi, puis les rouvrant brusquement ; quelques secondes plus tard, ses paupières s'abaissaient de nouveau, elle dodelinait de la tête, se réveillait encore, puis finissait par s'endormir paisiblement, la tête sur ses pattes. Au moindre bruit, ses grands yeux s'ouvraient ; elle étirait le cou pour voir ce qui se passait et se dévissait parfois la tête à faire peur. Rien ne devait lui échapper et sa curiosité était telle qu'elle épiait tout, même ce qui l'effrayait. Lorsqu'elle assistait à l'arrivée d'un serpent, elle laissait échapper une série de couics aigus, et la curiosité l'emportant sur la peur, elle descendait s'installer devant le grillage pour regarder de ses yeux horrifiés, tout en s'assurant que la voie derrière elle était libre et la fuite possible. Si elle jugeait que le reptile ne gardait pas suffisamment ses distances, elle regagnait d'un bond la branche près de la porte de sa chambre et, là, elle continuait à observer le reptile, par-dessus son épaule. Pour une créature nocturne, elle passait une très grande partie de la journée éveillée, à observer et à commenter de sa petite voix les activités du camp.

Un jour que j'évidais un vieux tronc pour le pivert, je découvris, cachés sous l'écorce, quelques beaux cafards bien en chair. Tout de suite, je songeai au régal que ce serait pour Cai, et les lui apportai. Je la trouvai étalée de tout son long, prenant un bain de soleil sur le plancher de sa cage, les yeux clos, la bouche entrouverte dans une expression de volupté. Elle s'éveilla en entendant ma voix et s'assit en battant des paupières. J'ouvris la porte de sa cage et je lâchai le plus beau et le plus rapide de mes cancrelats, pensant qu'elle aimerait l'attraper elle-même. Mais Cai, qui n'était pas bien réveillée, comprit seulement que j'avais déposé quelque chose de vivant et n'était pas disposée à voir ce que ça pouvait être. Elle s'éclipsa dans sa chambre, tandis que la bestiole égarée parcourait la cage en agitant ses antennes. Après quelques instants, Cai se décida, prudemment, à sortir la tête par la porte. À demi rassurée, ouvrant des yeux démesurés comme toujours quand elle était en proie à la peur ou à l'excitation, elle observa longuement le cancrelat. Le jugeant inoffensif, et peut-être même comestible, elle descendit de son grenier et vint s'asseoir devant lui pour le regarder de plus près, les bras croisés sur le ventre. Puis elle avança une main timide et, d'un doigt, lui donna une légère tape sur le dos. Affolé, l'insecte se mit à courir dans tous les sens, et Cai recula, effrayée, en s'essuyant la main contre la poitrine. Lancé dans une course pour la vie, le cancrelat gagna le devant de la cage et entreprit de se glisser à travers le grillage. Avec un gazouillis aigu, Cai s'élança, mais trop tard. Je rattrapai la bestiole et la remis dans la cage ; cette fois-ci Cai la poursuivit en lui donnant de petites tapes régulières sur le dos et en reniflant ses doigts. Elle décida finalement que, malgré son apparence repoussante, elle devait être comestible : les yeux fermés et l'air décidé, elle saisit le cancrelat à deux mains et l'engouffra. Les pattes de l'insecte se tortillaient et pendaient de sa bouche comme des moustaches à la gauloise. J'en conclus que je devrais à l'avenir tuer les cancrelats avant de les lui offrir, l'insecte étant toujours plus rapide à s'enfuir qu'elle ne l'était à attaquer.

Cai se transforma complètement dès qu'elle eut compris que sa chambre était une retraite sûre ; elle s'apprivoisa et devint confiante au point de se laisser caresser et de se prêter à des jeux. Jacquie cachait dans sa main un morceau de banane ou un grain de raisin qu'elle tendait à Cai. Celle-ci descendait et, assise devant Jacquie, lui ouvrait la main, doigt après doigt, pour attraper la friandise. Grâce au régime auquel elle était soumise – beaucoup de fruits, d'insectes, deux bols de lait par jour auxquels nous ajoutions un œuf cru et des vitamines – elle ne tarda pas à prendre du poids et sa fourrure s'épaissit et devint brillante. Elle n'avait plus rien à voir avec la créature chétive et terrifiée qu'elle était à son arrivée. Le mérite en revenait entièrement à Jacquie (il n'y avait pas de doute que Cai lui était plus attachée qu'à moi), chargée de sa nourriture et de ses soins, et qui jouait avec elle pour éviter qu'elle ne s'ennuie. Je peux dire (sans aucune vanité, puisque je n'y suis pour rien) qu'à son arrivée en Angleterre Cai dépassait en force et en beauté tous les douroucoulis des autres zoos.

Elle régna donc en souveraine incontestée de notre camp, jusqu'au jour où elle dut partager son trône avec une autre créature. Ce rival, quand nous le sortîmes de son panier, était une boule de poils duveteux, à la queue rayée noir et blanc. Sa petite figure était barrée – par quel jeu de la nature ? – d'une sorte de masque de fourrure noire troué de deux yeux bruns un peu tristes. Debout devant nous, avec ses pieds plats et démesurés, il avait l'air désemparé d'un bandit de grand chemin qui aurait perdu son pistolet. Le dessous de ses pattes était rose, ses doigts fins et allongés comme des doigts de pianiste. C'était un bébé raton crabier que nous ne tardâmes pas à baptiser Pooh, en raison de son extraordinaire ressemblance avec Winnie l'ourson, et parce que c'était le premier mot qui nous venait à l'esprit en nettoyant sa cage le matin.

J'installai Pooh dans une cage spacieuse munie de barreaux de bois et d'une petite porte fermée par un loquet, y versai deux seaux de sciure et le laissai s'organiser. Il se comporta, au début, avec beaucoup de tenue ; assis sur son gros derrière, il regardait à travers les barreaux comme un accusé attendant l'heure de son jugement. Quand nous revînmes de déjeuner, nous découvrîmes qu'il avait trouvé à s'occuper : d'un air à la fois penaud et innocent, il trônait à l'extérieur de sa cage au milieu d'une mare de coquilles d'œufs, qui représentaient notre ration pour la journée. Le visage, les pattes et la fourrure tout englués d'œuf, il leva vers nous, quand nous le grondâmes, ce regard qu'ont les gens pour qui la vie a toujours été dure et qui, de ce fait, n'attendent ni compréhension ni sympathie.

J'essayai de comprendre comment il avait pu s'échapper. Je remis Pooh dans sa cage, m'assurai que le loquet était bien fermé et le surveillai à distance. Au bout d'un assez long moment, un museau noir apparut et fit son inspection ; ayant décidé que la voie était libre, Pooh retira son museau et promena ses longs doigts effilés entre les barreaux pour chercher la serrure. L'ayant repérée, il glissa habilement un doigt sous le crochet et, d'un petit coup adroit, le fit sauter. La porte une fois ouverte, Pooh apparut lentement dans l'entrebâillement, l'air pensif. Je dus remédier à ses ruses en installant un verrou, en plus du crochet déjà existant. Il lui fallut trois jours pour en percer les secrets, et s'échapper de nouveau. Au bout d'une semaine, la porte avait une telle panoplie de verrous et de crochets que même Houdini serait resté perplexe, et nous mettions plus de temps à fermer la porte que Pooh à l'ouvrir. Pour finir, j'ajoutai un cadenas et on n'en parla plus. Assis des heures durant, les pattes hors des barreaux, Pooh caressait le cadenas de ses doigts roses et déliés et, n'ayant sans doute pas perdu tout espoir, risquait un doigt dans le trou de la serrure.

Les sentimentaux argueront que Pooh rêvait de retrouver la liberté dans sa chère forêt natale. Ce serait inexact. Pooh sortait avec deux objectifs précis : la table où l'on préparait la nourriture et, quand celle-ci avait été rangée, la cage à oiseaux. Si la table était couverte de nourriture, c'est là qu'il allait. Sinon, il s'installait devant la cage à oiseaux en se pourléchant les babines, ravi de les exciter. On arguera que si Pooh ne s'échappait pas pour recouvrer sa liberté perdue, il s'échappait pour se payer un repas que nous lui refusions. Mais je tiens à préciser que Pooh, pour sa taille, mangeait plus que tout autre animal de ma connaissance. C'était un tube digestif ambulant ; sa ration journalière se composait de deux œufs crus, de vitamines et d'huile de foie de morue battus dans un demi-litre de lait et mélangés à 115 g de viande émincée, et de fruits (bananes, goyaves ou paw-paw). Ajoutons que, après avoir ingurgité tout cela et fait un petit somme, il était prêt à recommencer.

Contrairement à ce que nous pensions, Pooh n'avait pas renoncé à tout espoir de comprendre le mystère du cadenas, et il y travaillait une bonne demi-heure par jour ; le reste du temps, il se livrait à des activités de nettoyage assez curieuses. Chaque matin, une fois la cage bien propre, nous répandions sur le plancher une couche de sciure fraîche.

C'est là que Pooh intervenait. Rendu sans doute nerveux par cette sciure, il était pris d'un besoin fébrile de propreté. Commençant par un bout de la cage, il balayait la sciure avec ses pattes avant, la chassait entre ses pattes arrière et la repoussait avec son gros derrière ; il parcourait ainsi tout le sol avec soin, sans laisser la moindre parcelle, tandis que la sciure s'accumulait dans un coin de la cage en un énorme tas. Inutile de préciser que cette sciure ne remplissait alors plus son office, qui était de satisfaire les besoins naturels de Pooh. Au lieu de cela, il en usait comme d'une chaise longue où il s'étendait aux heures chaudes de l'après-midi, en tirant rêveusement sur les poils de son ventre. Au cours de ces méditations, il se plaisait à jouer avec un petit morceau de gras. Il en coinçait un bout dans sa bouche, l'autre entre ses pattes arrière, tirait dessus alternativement avec ses dents et ses doigts de pieds, et le léger balancement qui en résultait ne manquait pas de le plonger dans le sommeil.

Estimant qu'un peu d'exercice lui serait salutaire, je fichai un piquet dans le sol et lui tressai un collier pour l'attacher à une corde. Une demi-heure plus tard, il avait réussi à ronger la corde, à visiter la réserve et à manger vingt-quatre bananes. J'essayai des laisses en toutes sortes de matériaux différents et notamment une cravache en cuir brut dont, malgré sa résistance, il finit par avoir raison. Pour finir, j'optai pour une chaîne en métal. En dépit de ses pieds plats, de sa démarche traînante et de son air doux de créature obèse, Pooh était doué d'une extraordinaire vitalité, toujours à l'affût d'un nouveau coup. Conséquence logique de ce besoin, il était aisément sujet à l'ennui et nous devions déployer des trésors d'imagination pour éviter qu'il n'y succombe. Il s'amusa pendant des jours avec un vieux rouleau de pellicule; il se promenait avec dans sa bouche, ou alors, installé sur le dos, l'examinait de ses yeux myopes comme un magnat du cinéma un peu mélancolique contemplant sa dernière production.

La vie de Pooh changea le jour où je lui donnai une vieille noix de coco. Il commença par en avoir peur et ne s'en approcha que lentement et furtivement, prêt à fuir en cas d'attaque. Puis l'ayant timidement touchée avec sa patte, il parut enchanté de la voir rouler; il la fit aller et venir pendant une demi-heure, en s'excitant de plus en plus et en tirant sur sa chaîne jusqu'à s'étrangler quand la coque était hors de sa portée. Alors il criait jusqu'à ce que Jacquie ou moi la lui rapportions. Jacquie eut l'idée de faire un trou dans la coque, et ainsi cette noix de coco devint le jouet préféré de Pooh. Il s'asseyait, des heures durant, la noix serrée entre ses pattes arrière, tandis que sa main en fouillait l'intérieur et en ramenait des débris microscopiques. Le premier jour, il y plongea la main avec une telle ardeur que je dus l'aider à s'en arracher, et j'agrandis le trou. Pooh passa alors ses journées avec sa noix de coco, jouant au foot ou enfonçant sa main dedans comme un enfant tâtonnant à la recherche d'une surprise. Quand il avait assez joué il s'endormait tout contre elle.

La troisième de nos personnalités, qui s'appelait en toute logique Foxey, était un petit renard gris de la pampa, au corps élégant, avec des jambes fines, une énorme queue et des yeux bruns et avides. Il n'avait guère plus de trois ou quatre mois quand un homme du pays nous l'apporta. Pas plus gros qu'un terrier à poil dur, il semblait avoir renoncé à tout jamais à se comporter comme un renard. Je pense qu'il était secrètement persuadé d'être un chien, et il est certain que ses habitudes n'étaient pas celles de ses congénères. À son tour, Foxey reçut un collier et une chaîne fixée de façon à lui laisser un grand champ de mouvement, sans qu'il risque de se prendre les pieds dedans. La nuit, il dormait dans une très vaste cage que nous emplissions d'herbe. Le matin, dès qu'il nous apercevait, il hurlait de joie et, sitôt la porte de sa cage ouverte, il agitait la queue en tous sens et, sa lèvre supérieure relevée découvrant ses dents de bébé, il nous souriait le plus délicieusement du monde. Mais le bonheur suprême, c'était quand nous le sortions pour le prendre dans nos bras : sa joie était telle qu'il fallait faire très attention à la façon dont nous le tenions car il lui arrivait de s'oublier et de nous arroser.

Il avait deux passions que nous ne tardâmes pas à découvrir : les poules et les mégots. Les poules, et à vrai dire toutes les volailles, exerçaient sur lui un attrait proche de la fascination. Si une ou deux pensionnaires de la basse-cour de Paula se risquaient non loin de l'endroit où était attaché Foxey, ce dernier se couchait, la tête sur les pattes et les oreilles dressées, en agitant la queue gentiment. Les poules picoraient en gloussant, s'approchaient en se dandinant d'un air ivre, et plus elles avançaient, plus les yeux de Foxey devenaient brillants. Mais comme chacun sait, ces déambulations distraites et sans but des poules peuvent durer, et plus les volatiles se pavanaient devant lui, plus il avait peine à se contrôler. Bien avant qu'elles ne soient à sa portée, il se rassemblait, prêt à charger, et jappait en tirant comme un fou sur sa laisse. Les poules détalaient avec des cris hystériques et Foxey s'accroupissait pour nous regarder d'un air épanoui en créant une mini-tornade de poussière à force d'agiter la queue.

La seconde de ses passions était, comme je l'ai dit, les vieux bouts de cigarettes. Dès qu'il en apercevait un, il fonçait dessus et le dévorait non sans exprimer un certain dégoût. Son vice satisfait, il restait un bon moment à tousser, après quoi il buvait une solide gorgée d'eau, prêt à recommencer.

Un jour, cependant, Foxey paya cher cette passion. J'avais par mégarde laissé à sa portée un paquet de cigarettes presque plein et, avant que je m'en aperçoive, il en avait dévoré le contenu. Dire qu'il fut incommodé serait un euphémisme. Il se vida comme jamais, chaque bout de papier, chaque brin de tabac fut restitué, savamment mêlés à son petit déjeuner. Il était si épuisé par les efforts qu'il avait faits qu'il resta étendu, indifférent à tout, même à la poule qui passa à sa portée. Le soir venu, il était suffisamment rétabli pour s'installer devant deux livres de viande et deux œufs crus ; mais la seule vue d'une cigarette le faisait reculer en éternuant, l'air indigné. Il était définitivement guéri du tabac.

Faons, grenouilles et fers de lance

Un jour on nous annonça qu'une *autovía* partait le lendemain matin pour Waho – à environ vingt-cinq kilomètres. Non seulement ce nom de Waho m'enchantait, mais je savais que l'endroit était réputé pour ses jaguars et j'espérais interroger le contremaître sur la possibilité d'y poser des pièges. Centre important d'élevage de bétail, Waho comptait par ailleurs une cinquantaine d'habitants, ce qui pour le Chaco est un chiffre considérable, et je me disais que certains d'entre eux auraient peut-être apprivoisé de jeunes animaux dont ils consentiraient à se séparer.

On nous avait prévenus que l'*autovía* partait à 4 heures précises et qu'elle ne nous attendrait sous aucun prétexte. Ainsi, nous arrachâmes Rafael à la douceur de son lit et le traînâmes à demi conscient jusqu'à la gare, en longeant les canaux où le concert de jazz nocturne des grenouilles et des crapauds battait son plein, en traversant le village endormi encore emprisonné dans la brume de la rivière. Nous trouvâmes l'*autovía* à quai, y montâmes et somnolâmes sur ses bancs durs pendant une demi-heure en attendant le conducteur. Il arriva enfin en bâillant à se décrocher la mâchoire, et nous apprit que nous ne partirions qu'à 5 heures, car on avait oublié de lui apporter le courrier pour Waho et il avait dû envoyer quelqu'un le chercher. Nous demeurâmes dans un silence agacé à écouter les coqs s'ébrouer jusqu'à ce qu'un jeune garçon émerge du brouillard avec le sac de courrier. Le conducteur jeta le sac au fond de l'*autovía*, s'installa aux commandes et embraya alors dans un bruit strident qu'aucun coq n'aurait renié, puis nous nous lançâmes dans le brouillard.

Il s'éclaircissait à mesure que nous progressions dans l'intérieur et finit par se lever complètement – à l'exception de quelques lambeaux qui continuaient à flotter au-dessus des bassins et des rivières. Le ciel devant nous était d'un gris métallique et le profil dentelé de la forêt se découpait contre lui avec la précision d'une image vue au microscope. Bientôt, ce gris vira au pourpre, puis au rose pâle, puis au bleu, tandis que le soleil apparaissait derrière la forêt. D'un seul coup, sous ses rayons obliques, le paysage s'anima. La forêt, énorme masse noire et impersonnelle quelques instants plus tôt, livrait sa texture, aussi fine que solide, et son délicat enchevêtrement de plantes grimpantes, d'épineux et de feuilles luisantes de brume. Des groupes de coucous guiras lustraient leur plumage humide, et certains, accroupis, séchaient leurs ailes au soleil qui commençait à réchauffer le sol. Nous passâmes devant un petit lac dont les rives grouillaient d'oiseaux ; se déplaçant en bandes, des ibis fouillaient la boue avec avidité de leur long bec incurvé ; une cigogne terne et efflanquée contemplait son image réfléchie dans l'eau ; plus loin, deux jacanas se baignaient et découvraient l'espace d'un instant, en s'aspergeant, le dessous de leurs ailes, jaunes comme des boutons-d'or. Un petit renard gris, de retour de son équipée nocturne, débarqua sur la voie et galopa devant nous pendant une vingtaine de mètres avant de disparaître dans les fourrés. L'*autovía* continuait son chemin et nous passâmes alors devant un pré spectaculaire.

Ce pré, d'environ un hectare, cerné de hauts palmiers, était le domaine des grandes araignées du Chaco, au corps tacheté de blanc et de rose, aussi gros qu'une noisette, et dont les longues pattes, une fois déployées, recouvraient l'équivalent d'une soucoupe. La soie produite par ces araignées est épaisse, élastique, et de couleur or. Pas un buisson, pas une touffe d'herbe qu'elles n'aient revêtu de leurs toiles dorées grosses comme des roues de charrette. Au cœur de chacun de ces ouvrages trônait une araignée, et chaque fil, chaque rayon de son royaume était décoré de perles de rosée, tels des diamants sur un voile. Ce décor scintillant sous les premiers rayons du soleil était d'une renversante beauté.

Nous atteignîmes Waho à 7 h 30. La voie ferrée quitta la forêt pour déboucher dans un immense champ où miroitaient des taches d'eau. Dans l'herbe bordant la voie, des conures à cape noire cherchaient leur nourriture. Ces petits perroquets ont le plumage vert électrique, la tête et le cou noirs. Ils s'envolèrent à notre passage et tournèrent dans le ciel en poussant des cris perçants. La voie d'*autovía* finissait là, dans une espèce de bourbier – c'était un avant-poste, comme beaucoup d'autres au Chaco, composé d'une longue maison basse, peinte à la chaux, pour le contremaître, et à côté une série de huttes délabrées faites de troncs de palmier où logeaient les ouvriers. L'*autovía* s'arrêta dans un grincement de freins et Fernandez, le contremaître, traversa la mer de boue pour venir nous saluer. Grand et bâti comme un colosse, il avait un visage de type mongol éclairé par des dents éblouissantes. Il était d'une extrême courtoisie et nous reçut comme des souverains en visite, nous faisant entrer dans son salon et priant sa femme, petite créature à la peau sombre, de nous préparer du maté au lait. Sans perdre de temps – tout en absorbant l'épais breuvage un peu écœurant –, j'étalai sur la table livres et dessins, et Rafael faisant fonction d'interprète j'entrepris Fernandez sur la faune locale. Il reconnut toutes les créatures que je recherchais et promit d'essayer de m'en obtenir quelques spécimens. La région était riche en jaguars et en ocelots, nous dit-il, plusieurs vaches avaient été tuées une semaine plus tôt, mais ils étaient difficiles à capturer. Il allait poser des pièges aux points qu'il estimait propices et, s'il réussissait, il me le ferait savoir. Quand je l'interrogeai sur les petites bêtes telles que lézards, grenouilles, crapauds et serpents, il sourit d'un air navré et proposa de nous emmener, tout près de là, dans une clairière récemment prélevée sur la forêt. On y trouverait tous les *bichos* qu'on voudrait. Tandis que nous achevions notre maté, Fernandez appela deux Indiens et nous partîmes ensemble chercher nos petits *bichos*.

Nous empruntâmes un sentier boueux serpentant à travers les hautes herbes d'où s'élevaient des nuages de moustiques. Nous longeâmes l'abattoir, un enclos d'environ six mètres carrés dont les murs étaient faits de souches de palmier. Ces murs étaient décorés d'une frise de vautours noirs, accroupis selon leur position habituelle, menaçants et lugubres. Ils nous regardèrent passer à deux mètres d'eux d'un air effronté, sans broncher et en nous suivant des yeux, véritable assemblée de croquemorts. Le sentier, au bout d'un kilomètre à peine, pénétra dans la forêt. Là, des Indiens bavardaient et riaient, leurs immenses chapeaux de paille paraissant danser dans la verdure. Ils travaillaient, la machette à la main, à élaguer la végétation d'épineux. Fernandez les rassembla pour leur expliquer ce que je cherchais, et les Indiens nous jetèrent un regard timide, en échangeant des sourires ; l'un d'eux s'adressa alors à Fernandez en désignant une grosse souche à demi dissimulée dans les buissons. Fernandez transmit l'information à Rafael qui m'en fit part à son tour.

— L'Indien dit qu'ils ont vu le serpent, Gerry, mais c'est très rapide et c'est caché sous cet arbre.

— Dans ce cas, répondis-je, veux-tu demander au señor Fernandez si les Indiens pourraient nous aider à soulever la souche afin que j'essaie de l'attraper.

On traduisit ma requête, puis Fernandez donna un ordre. Le groupe s'ébranla vers la souche, en chahutant comme des écoliers, et s'attaqua à la dégager de la végétation qui l'entourait. Quand celle-ci fut suffisamment éclaircie, je choisis une branche pour en faire un bâton et me préparai à agir. Je refusai net l'aide de Rafael, lui rappelant que j'avais promis à sa mère qu'il n'approcherait pas les serpents et obtins, après de longs efforts, qu'il se tienne à l'écart. À mon signe, les Indiens glissèrent leur machette sous la souche, la retournèrent dans un puissant effort et se sauvèrent à toutes jambes.

Le tronc roula sur le sol et un gros serpent brun, long d'un mètre cinquante environ, sortit de l'empreinte de ce tronc, se déployant avec élégance, puis stoppa net en me voyant approcher. Comme je me penchais pour l'immobiliser avec mon bâton, il fit une chose étonnante : il dressa sa lourde tête carrée et environ quinze centimètres de son corps, et commença à dilater son cou. Sa peau se distendit et je me retrouvai nez à nez avec ce qui s'apparentait à la coiffe d'un cobra. Les espèces capables de distendre la peau de leur cou sont nombreuses, mais il est rare que cette dilatation dépasse la taille d'un petit ballon gonflable. J'avais beau être en plein milieu du Chaco, sur un continent où le cobra n'existe pas, ce reptile lui ressemblait tellement qu'un charmeur de serpent indien s'y serait trompé et aurait sorti sa flûte. J'abaissai lentement mon bâton, mais le serpent, sur ses gardes, plongea et, rapide comme l'éclair, essaya de se glisser dans la forêt. Voyant que je n'arriverais pas à l'épingler avec mon bâton, et qu'il approchait de la végétation, je glissai le bâton sous son corps et l'envoyai au beau milieu de la clairière. Visiblement irrité, le reptile resta immobile un instant ;

il me fixa, la bouche grande ouverte et, d'un air déterminé, s'élança vers le buisson le plus proche. Je le poursuivis et retentai le coup du bâton, mais au moment où j'allais l'envoyer loin des buissons, le reptile, décidé à lutter, déploya son capuchon et piqua sur moi la bouche ouverte. J'eus juste le temps de faire un bond en arrière et le serpent manqua de justesse le bas de mon pantalon. Il alla s'aplatir au sol et ne bougea plus ; ayant tout tenté, il avait sans doute résolu de rendre les armes. Je l'attrapai derrière le cou et le jetai dans un sac. Jacquie s'avança, le visage renfrogné :

— Si tu tiens à recommencer, ça sera sans moi.

— Presqu'il vous a mordu, renchérit Rafael, les yeux écarquillés derrière ses lunettes.

— À quelle espèce appartient-il ? demanda Jacquie.

— Je ne sais pas. C'est son capuchon que je n'identifie pas, même si j'ai l'impression d'avoir lu quelque chose à ce sujet… je vérifierai en rentrant…

— Venimeux, Gerry ? demanda Rafael en s'asseyant sur la souche.

— Je doute que sa morsure soit mortelle, ou alors très peu.

— Ça me rappelle un serpent en Afrique que tu avais déclaré inoffensif jusqu'à ce qu'il te morde, dit Jacquie.

— Ça n'a rien à voir, expliquai-je, celui dont tu parles ressemblait à une espèce non venimeuse, et je l'avais ramassé.

— Oui… et celui-ci aussi, qui a l'air d'un cobra, tu l'as ramassé, rétorqua ma femme.

— Ne reste pas sur cette souche, dis-je à Rafael pour changer de sujet, il peut y avoir des scorpions cachés sous l'écorce.

Rafael se leva rapidement. Je priai un Indien de me confier sa machette, et j'attaquai l'écorce pourrie. Le premier coup de machette libéra une pluie de larves de coléoptères et un gros mille-pattes; au deuxième coup apparurent d'autres larves ainsi qu'une grenouille arboricole à l'air déprimé; je continuai ainsi, sur toute la longueur du tronc, à dépouiller délicatement l'écorce. À part ces colonies d'insectes, la souche ne semblait receler aucune autre vie. Lorsque j'arrachai une large bande d'écorce près de l'endroit où Rafael était assis quelques instants plus tôt, je fis tomber un serpent d'une quinzaine de centimètres, épais comme une cigarette. Sa peau était joliment rayée – noir, crème, gris et rouge feu.

— Parole! s'écria Rafael tandis que je ramassais le reptile, j'étais assis sur lui, non, Gerry?

— Oui, dis-je sévèrement, tu devrais faire attention où tu t'assois, tu aurais pu le tuer.

— Qu'est-ce que c'est? demanda Jacquie.

— Un bébé serpent corail... il semble que ce soit une journée à serpents.

— Lui, sa morsure est mortelle, non?

— Oui... enfin, pas au point de pouvoir tuer Rafael à travers deux centimètres d'écorce, répondis-je.

Je le mis dans un sac et j'inspectai la souche une dernière fois sans plus rien trouver d'intéressant. Fernandez, qui avait suivi avec intérêt les opérations à distance, suggéra de faire un tour vers les huttes pour voir si les ouvriers n'avaient pas quelques animaux apprivoisés. Sur le chemin du retour, mon regard fut soudain attiré par un reflet entre les arbres ; j'insistai pour aller y jeter un coup d'œil. C'était un grand bassin, envahi de feuilles mortes en décomposition – ce qui donnait à ses eaux une belle couleur de rhum et une atroce odeur de pourriture. Je commençai à en faire le tour à la recherche de grenouilles et j'y étais encore dix minutes plus tard quand un vacarme éclata de l'autre côté de l'étang. Fernandez, Rafael et les deux Indiens dansaient autour de Jacquie en poussant des cris tandis que cette dernière m'appelait. Dominant leur tapage, me parvenait un bruit curieux de trompette d'enfant. Je me dépêchai de les rejoindre. Jacquie serrait dans sa main la chose qui produisait ces sons, tandis que Fernandez et les deux Indiens criaient en chœur :

— *Venemosa, muy venemosa, señora !*

Rafael s'approcha de moi, inquiet.

— Gerry, dit-il, Jacquie attrapé un sale *bicho*. Très sale, ils disent.

— Ce n'est qu'une grenouille, dit Jacquie en élevant la voix pour couvrir les jappements des Indiens et les cris irrités de sa captive.

— Montre-moi.

Elle ouvrit les mains, et je vis le plus extraordinaire des amphibiens. Il était noir, le ventre jaune pâle, et presque rond. Au sommet d'une tête large et plate, comme celle d'un hippopotame miniature, deux yeux dorés. Mais le plus frappant chez cette créature étrange, c'était la bouche dont les épaisses lèvres jaunes, qui lui fendaient le visage d'un côté à l'autre, s'incurvaient dans une incroyable grimace. Elle ressemblait au Humpty Dumpty de John Tenniel. Soudain, elle se gonfla comme un ballon, se planta sur les moignons ridicules qui lui servaient de pattes et, ouvrant la bouche toute grande (nous montrant l'intérieur jaune or), se remit à sonner de la trompette. Quand je voulus la saisir, elle se débattit comme un beau diable et je la reposai sur le sol. Plantée sur ses courtes jambes, elle faisait de petits bonds vers moi en claquant ses lèvres rageusement tout en lançant ses appels de trompette. J'étais enchanté par la trouvaille de Jacquie.

— Où l'as-tu attrapée ?

— Ici même. Elle était assise dans l'eau... On ne voyait que ses yeux, un peu comme un hippopotame... alors je l'ai ramassée. C'est quoi ?

— Aucune idée. On dirait une sorte de crapaud cornu. En tous les cas, elle est drôlement intéressante... c'est peut-être une espèce inconnue.

Très excités, nous continuâmes notre exploration du bassin et trouvâmes trois autres de ces étranges grenouilles, ce qui me mit en joie. Sur le moment, je pensais avoir affaire à une espèce nouvelle, mais à leur arrivée en Angleterre, elles furent identifiées comme des grenouilles de Budgett. Bien que scientifiquement déjà décrites, elles sont considérées comme fort rares, et le musée d'Histoire naturelle de Londres n'en possédait qu'un seul spécimen.

En nous approchant des huttes délabrées, nous vîmes que les gardiens de troupeaux étaient rentrés pour le repas de midi et pour la sieste. Leurs chevaux étaient attachés près des huttes et d'un tas de selles couvertes de peau de mouton. Adossés aux murs, leur chapeau de paille rejeté en arrière, les hommes sirotaient leur pot de maté. Leurs vieilles chemises étaient tachées de sueur, et les jambières en cuir qu'ils portaient par-dessus leurs *bombachas*[1] étaient rayées et déchirées par les épines qui s'y étaient accrochées. Sous les appentis servant de cuisine, leurs épouses cuisaient le repas au-dessus de foyers enfumés, entourées de nichées d'enfants aux frimousses sales et aux yeux sombres, et de chiens misérables. Comme nous approchions de la première hutte, Jacquie crut bon de me donner un conseil.

— Si tu rencontres une petite bête qui te fait envie, évite de t'exciter... sans quoi ils doubleront leur prix, dit-elle.

— Bien compris.

— Rappelle-toi l'oiseau de l'autre jour. Si tu avais eu l'air moins enthousiaste, on l'aurait eu à moitié prix.

— Je doute qu'on trouve grand-chose ici, dis-je en regardant les taudis.

Nous allâmes d'une maison à l'autre, Fernandez expliquant ce que je désirais. Les hommes riaient et parlaient entre eux, promettant d'essayer de nous pro-

1. Pantalon bouffant porté par les gardiens de troupeaux en Amérique du Sud.

curer quelques spécimens. Nous discutions devant une hutte avec son propriétaire, un homme repoussant et hirsute qui n'en finissait pas de nous parler d'un jaguar, quand parut dans l'entrebâillement de la porte un animal qui s'en alla en trottant dans la nature. Je le pris pour un chien. Mais Jacquie poussa un petit cri et je me retournai pour la voir serrant dans ses bras un faon tacheté qui posait sur elle de grands yeux sombres et craintifs.

— Regarde, dit-elle, comme il est adorable, oubliant totalement que son propriétaire était à côté. Qu'est-ce qu'il est mignon… Regarde ses yeux… Il nous le faut absolument. Tu crois qu'on nous le vendra ?

Une lueur s'alluma dans les yeux de l'homme et je poussai un soupir résigné.

— Étant donné ton manque d'enthousiasme envers cette créature, je pense qu'il sera ravi de te la vendre. Rafael… veux-tu, je te prie, lui demander son prix.

L'homme nous expliqua longuement combien il était attaché à sa biche et la peine qu'il aurait à s'en séparer, puis il lâcha un chiffre qui nous souffla littéralement. Après une demi-heure de marchandage, il avait baissé son prix de moitié, mais cela me semblait encore disproportionné. Jacquie me regardait sans mot dire.

— Enfin, Jacquie, il demande le double de ce que vaut l'animal. Nous l'aurions eu pour le quart du prix si tu ne t'étais pas extasiée à l'instant où tu l'as vu.

— Je ne me suis pas extasiée, s'indigna Jacquie. Je voulais seulement attirer ton attention.

Tant de mauvaise foi me laissa bouche bée. Je payai l'homme sans rien dire et nous repartîmes vers la voie ferrée. Jacquie serrait le faon dans ses bras en murmurant des mots tendres à son oreille soyeuse. Quand nous montâmes dans l'*autovía*, le conducteur se pencha pour lui caresser la tête.

— *Lindo*, dit-il, *muy lindo bicho.*

— *Lindo* veut bien dire ravissant ? demanda Jacquie.

— Oui, répondit Rafael. Pourquoi ?

— Ce nom lui irait drôlement bien, vous ne trouvez pas ?

C'est ainsi que cette créature devint sur-le-champ Lindo. Elle se comporta admirablement dans l'*autovía.* Elle renifla tout autour d'elle, puis retourna près de Jacquie en la poussant de son nez noir et humide. Tout alla bien jusqu'aux premiers soubresauts. Le voyage cessa alors de lui plaire. Elle fit un bond vers le marchepied où elle s'étala et c'est de justesse que je la rattrapai par les pattes arrière et l'empêchai de passer sous les roues. Elle luttait comme un diable, lançant de solides ruades en poussant des piaulements perçants. Naturellement craintifs, les faons sont impossibles à maîtriser dès lors qu'ils ont peur ; il faut immobiliser leurs pattes arrière, sans quoi ils risquent de vous déchiqueter avec leurs sabots tranchants, mais ces pattes sont si fragiles qu'on risque de les briser en les serrant trop. Il nous fallut cinq minutes pour réussir à calmer Lindo et je retirai ma chemise pour l'envelopper dedans, de façon à éviter qu'il ne se blesse ou qu'il ne nous blesse, si la peur le reprenait. Ce petit faon en chemise divertit tellement le conducteur qu'il faillit manquer un virage.

En remontant la route qui nous menait chez nous, nous fûmes surpris de voir, devant la grille, un groupe de curieux qui entouraient un homme chargé d'une grande boîte. Tous gesticulaient et bavardaient, et, sur la véranda, se tenait la masse impressionnante de Paula, serrant entre ses mains un vieux fusil rouillé dont elle menaçait la foule. Nous nous frayâmes un chemin jusqu'à elle. Avec un soulagement évident, Paula nous salua puis se lança dans un grand discours en espagnol, roulant des yeux, se frappant le front, et pointant son fusil à tour de rôle sur chacun d'entre nous, en toute impartialité. Je réussis à m'emparer de l'arme pendant que Rafael écoutait son histoire. Le señor lui avait demandé le matin même de lui procurer un fusil afin de tuer des oiseaux pour le *lechuchita*, le petit hibou, oui ? Eh bien, elle était allée au village d'où elle avait rapporté ce beau fusil pour le señor. À son retour, elle avait trouvé cet individu (là, elle désigna d'une main tremblante l'homme à la boîte) assis sur la véranda. Il lui dit qu'il apportait un *bicho* pour le señor. Elle n'avait pu s'empêcher de lui demander quelle sorte de *bicho* c'était ; l'homme avait soulevé le couvercle et elle s'était trouvée devant quelque chose d'effrayant, un énorme *yarará*, visiblement très énervé. Ce fer de lance est incontestablement le plus redouté des habitants du Chaco, car il est le plus venimeux et le plus agressif de tous les serpents d'Amérique du Sud. Paula n'avait pas hésité un instant. Elle avait sommé l'homme d'emporter sa marchandise un peu plus loin ; mais l'homme, qui se trouvait bien à l'ombre de la véranda – il faisait très chaud –, avait refusé d'obtempérer... ce que voyant, elle avait tout simplement chargé l'arme, bien décidée à s'en servir. L'homme s'attendait, dans sa naïveté – il avait eu la bravoure de capturer un *yarará* –, à être reçu comme un héros et non pas chassé à coups de fusil par une furie. Repoussé de l'autre côté de la grille par Paula, qui continuait à le menacer, il était resté là à l'injurier. Heureusement, notre arrivée mit fin à cette joute. Nous priâmes Paula d'aller nous faire du thé, et quand elle fut dans la cuisine, nous fîmes entrer l'homme.

Le fer de lance, qu'on avait promené tout l'après-midi sous un soleil brûlant, était de méchante humeur. À peine eus-je délicatement soulevé le couvercle de sa boîte pour le regarder qu'il se dressa vers l'ouverture, prêt à attaquer. Pour un *yarará*, il n'était pas très grand – quatre-vingts centimètres –, mais son agressivité compensait sa taille, et ce ne fut pas chose facile que de lui passer une corde et de le saisir derrière la tête. C'était un magnifique reptile ; son corps était gris cendré avec des taches d'un noir de jais, en forme de losanges soulignés de blanc, et cela de la tête à la queue. Deux yeux farouches, tachetés d'or, ornaient sa tête aplatie en forme de flèche. Dans la boîte où j'étais parvenu à le placer (une boîte peu profonde, fermée sur le dessus par une gaze métallique et garnie de brindilles et de feuilles mortes) on l'entendait siffler avec force, et sa queue battait les feuilles à une telle rapidité que l'on eût dit un crotale. Si la moindre ombre venait à passer sur la boîte, il attaquait aussitôt, ses crochets transperçant les mailles. Je ne l'aurais pas cru si je n'en avais été le témoin, car il est presque impossible à un serpent de mordre une surface plane. Sa bouche était immense et, quand il frappait, il le faisait en rejetant la tête en arrière pour donner à ses crochets le maximum de force. En l'espace d'une demi-heure, il avait déjà souillé de son venin jaune une partie de la gaze métallique, et malgré cela il continuait à frapper comme un démon. Pour finir, je trouvai plus sage de doubler la couche de gaze.

Ce soir-là, alors que Paula servait le dîner, elle jugea bon de nous entretenir longuement du *yarará* et de ses habitudes. Il ressortait de ses confidences que chacun des membres de sa famille avait failli périr tué par le *yarará* à un moment quelconque de son existence, comme si tous les fers de lance du Chaco avaient les yeux tournés vers les siens. Mais ces derniers avaient toujours fini par s'en tirer, au grand dam, sans doute, des pauvres serpents. Le repas achevé, elle vint nous annoncer, avec un regard chargé d'effroi en direction de la boîte, que, même payée pour, elle refusait de passer la nuit dans une maison qui abritait une telle créature. Elle priait Dieu de nous retrouver vivants au matin. Puis elle disparut pour rentrer chez elle au village. En fin de compte, ce qui nous empêcha de dormir ne fut pas le serpent.

Rafael grattait sur sa guitare un refrain gaucho et Jacquie était partie se coucher avec un *Buenos Aires Herald* vieux d'un mois trouvé je ne sais où ; quant à moi, j'examinais l'arme procurée par Paula. C'était un fusil de fabrication espagnole, qui paraissait en bon état, sauf pour un détail qui me surprit.

— Rafael, dis-je, ce fusil n'a pas de cran de sûreté.

Il s'approcha et l'examina.

— Si, Gerry, regardez… là.

— Ça ? Ce tout petit levier ?

— Oui, ça.

— C'est impossible. J'ai essayé dans les deux sens et le chien retombe toujours.

— Non, non, Gerry… clic, oui, mais pas bang.

Je lui lançai un regard sceptique.

— Ça me paraît très étrange. Un cran de sûreté est un cran de sûreté, quand il est mis on doit pouvoir presser la détente sans qu'il se passe rien.

— Non, regardez… C'est un fusil espagnol… je vous montre comment ça marche.

Il chargea l'arme, en abaissa le levier et la pointa par la fenêtre en pressant la détente. Il y eut un bruit fracassant, tous les chiens du village se mirent à aboyer et Jacquie bondit de la chambre, croyant que le *yarará* s'était échappé. Rafael rajusta ses lunettes et regarda le fusil.

— Bon, dit-il philosophe. Dans ce sens-là, alors.

Baissant à nouveau le levier, il rechargea l'arme et pressa la détente. Nouveau fracas qui fit aboyer les chiens de plus belle.

— C'est à ça qu'on reconnaît un fusil espagnol, dis-je à Jacquie. On peut se tirer dessus, que le cran de sûreté soit mis ou non.

— Non, protesta Rafael indigné. C'est un bon fusil, Gerry, je crois quelque chose cassé à l'intérieur.

— Ah, tu crois ?

Nous étions toujours en train de nous chamailler quand il y eut un autre fracas, à la porte cette fois-ci. Ce n'était pas une heure pour les visiteurs et, surpris, nous nous dirigeâmes, Rafael et moi, vers la véranda. Deux hommes se tenaient là, pas très rassurés. Ils portaient des uniformes verts qui avaient connu des jours meilleurs et des casquettes à visière, et serraient dans leurs mains d'antiques fusils tout rouillés. Ils claquèrent des talons et nous reconnûmes deux représentants de la police locale. Ils nous saluèrent et nous demandèrent si nous avions bien tiré avec une arme et, si oui, qui était mort. Ahuri, Rafael leur répondit que le coup était parti par accident et qu'il n'y avait pas de victime. Fouillant la poussière de leurs pieds, les policiers se concertèrent du regard. Ils expliquèrent avec embarras que leur chef leur avait intimé l'ordre de nous arrêter et de ramener la victime. L'absence de cadavre compliquait les choses ; quand bien même nous n'aurions tué personne, ils risquaient d'encourir la colère de leur chef s'ils ne nous ramenaient pas. Leur visage trahissait un tel cas de conscience que, pris de pitié, nous décidâmes de les accompagner au poste et d'expliquer à leur chef ce qu'il en était. Ils se confondirent en salutations en répétant avec un grand sourire : « *Gracias, señor, gracias.* »

Nous partîmes à travers les rues baignées de lune, à la suite des deux policiers qui, de temps à autre, s'arrêtaient, pleins de sollicitude, pour nous signaler une flaque de boue. Le poste de police, à l'autre bout du village, était une cabane de deux pièces, passée à la chaux et abritée par un large palmier à grosse tête noire. Notre escorte nous introduisit dans une pièce nue où s'entassaient sur une table bancale des masses de documents. Derrière était assis le chef de police, un homme maigre et renfrogné, dont les bottes et le ceinturon flambant neufs symbolisaient l'importance ; il venait tout juste d'être promu et comptait bien justifier cette promotion en montrant aux habitants que le crime ne payait pas. Les deux hommes se mirent au garde-à-vous et entreprirent en chœur le compte rendu de l'incident. Le sourcil froncé, le chef écouta, puis nous scruta du regard ; il prit lentement le mégot collé derrière son oreille et l'alluma.

— Alors, commença-t-il d'une voix sifflante et théâtrale, en rejetant la fumée par le nez, c'est vous les responsables de ce délit, c'est ça ?

— *Si, señor*, répondit Rafael d'une voix humble, ses lèvres agitées d'un tic, c'est ça.

— Ah ! vous le reconnaissez ? dit le chef visiblement ravi de nous avoir coincés.

— *Si, señor*, répéta Rafael.

— Alors, reprit le chef d'un ton important, glissant les pouces dans son ceinturon et se renversant dangereusement sur sa chaise, vous avouez ? Vous croyez qu'ici, dans le Chaco, on peut se permettre de commettre n'importe quoi, hein ? Vous vous croyez dans un pays *incivilizado*, c'est ça ?

— *Si, señor*, dit Rafael.

Il n'y a pas plus agaçant que d'obtenir une réponse à une question rhétorique, et le chef le toisa du regard quelques secondes.

— Ce que vous ne savez pas, c'est que nous avons des lois ici, comme partout. Vous ne pensiez pas avoir affaire à la police, hein ?

Les deux hommes étaient maintenant détendus, soulagés de voir l'affaire entre les mains de leur chef. L'un se curait méthodiquement les dents, et le second vérifiait la propreté de son fusil en promenant un doigt autour du canon ; vu sa mimique, un astiquage annuel ne serait pas un luxe.

— Écoutez, señor, dit Rafael d'un ton conciliant, le fusil est parti par accident. Nous n'avons commis aucun crime.

— Ce n'est pas la question, dit le chef. Vous auriez pu en commettre un !

Logique implacable, s'il en fut, et qui laissa Rafael sans voix.

— Étant donné la situation, reprit le chef magnanime, je vous laisse en liberté pour le moment, le temps de considérer la question, mais vous vous présenterez demain, à la première heure, avec vos permis de circuler. Compris ?

Nous acquiesçâmes d'un signe de tête, jugeant toute discussion inutile. Le chef se leva et nous salua en claquant des talons avec une telle vigueur qu'un des hommes en lâcha son fusil et se hâta de saluer pour réparer sa maladresse. Le temps de nous éloigner du poste de police afin de ne pas être entendus, Rafael et moi eûmes le plus grand mal à contenir notre hilarité. À notre retour, Jacquie eut droit à une magnifique imitation du chef de police par Rafael – tellement amusé par son propre numéro qu'il riait aux larmes.

À l'heure du petit déjeuner, le lendemain, nous racontâmes toute l'histoire à Paula. Nous pensions l'amuser, mais nous nous trompions. Indignée et révoltée par cette affaire, elle ne mâcha pas ses mots pour nous dire ce qu'elle pensait de l'homme, qu'elle décrivit comme gonflé d'orgueil. Elle avait déjà dû le remettre à sa place, un jour qu'il s'était mis en tête d'empêcher ses filles de monter sur le bateau. Mais ce qui venait de se passer avec nous était la goutte d'eau qui faisait déborder le vase. Cette fois, il était allé trop loin, et elle allait lui dire ses quatre vérités. Sitôt dit, sitôt fait. Après le petit déjeuner, Paula se drapa dans un châle rouge et vert et épingla sur sa tête un large chapeau de paille croulant sous les coquelicots. Tout au long de la route, elle ne cessa de fulminer.

Devant le poste de police, un immense lit était installé à l'ombre du palmier, où le chef de police, en personne, dormait comme un bienheureux. Son visage, bleui par une barbe d'un jour, exprimait une béatitude totale et les deux bouteilles vides à côté de lui prouvaient qu'il avait joyeusement fêté notre interrogatoire. Paula ricana en le voyant. Elle s'avança vers le lit et prit de l'élan pour donner une formidable claque à l'endroit de la couverture qui devait recouvrir l'arrière-train du chef de police. Le chef sursauta en promenant autour de lui un regard affolé ; reconnaissant Paula, il ramena pudiquement les couvertures sur lui et salua la visiteuse ; mais Paula n'était pas d'humeur à minauder et elle passa à l'attaque. La poitrine haletante, les yeux éclatant de fureur, elle se pencha vers le chef et, d'une voix tonitruante, hurla ce qu'elle pensait de lui. Cloué sur son lit, comme au pilori, il faisait presque pitié, car Paula déversa sur lui, devant tout le village, en plus d'une avalanche de chair brune, un flot de mépris et de menaces, sans lui laisser la moindre chance de placer un mot. Son teint cireux vira d'abord au rouge, puis au blanc et enfin, quand Paula en vint aux détails intimes de sa vie amoureuse, à une pâle nuance de vert. Attirés par le spectacle, les voisins alentour s'étaient rassemblés sur le pas de leur porte et encourageaient Paula, laissant deviner que la cote de popularité du chef de police n'était pas au plus haut. La victime en avait visiblement son compte ; rejetant les couvertures, le chef se glissa hors du lit et regagna le poste de police, vêtu seulement d'un débardeur et d'un vieux caleçon rayé, à la grande joie des spectateurs. Paula, triomphante, s'assit un instant sur le lit vide pour se remettre, puis nous raccompagna en s'arrêtant de temps à autre en route pour recevoir les félicitations de ses admirateurs.

Cette démonstration porta ses fruits. Le soir même, un policier se présentait chez nous. Il paraissait embarrassé et tenait d'une main son fusil et de l'autre une gerbe de cannas. C'était un cadeau de son chef pour la señora ; Jacquie accepta les fleurs avec les remerciements appropriés. Le chef avait tendu le calumet de la paix, et dès lors nous ne le rencontrions jamais sans qu'il se mette au garde-à-vous en ôtant sa casquette d'un geste élégant, avec le plus aimable des sourires. Quant à nos permis, il n'en fut plus jamais question.

De redoutables crapauds et une flopée d'oiseaux

Après deux mois passés dans le Chaco, notre collection d'animaux était devenue si importante qu'elle nous occupait du matin au soir. Nos journées commençaient juste avant l'aube, quand Paula nous apportait notre thé. Ce n'est pas que cela nous enchantait particulièrement de nous réveiller de si bonne heure, mais nous avions constaté qu'il valait mieux s'acquitter des tâches les plus ardues avant que le soleil se lève et que les températures grimpent.

Nous commencions par le nettoyage, opération minutieuse qui demandait deux bonnes heures. Le temps consacré à chacune des cages dépendait de son occupant ; s'il était d'humeur agressive, il fallait prendre des précautions afin d'éviter les coups de bec et les morsures ; s'il était d'humeur taquine, on perdait un temps précieux à le persuader que le nettoyage n'était pas un jeu. Dans l'ensemble, les animaux ne furent pas longs à se prêter à cette routine ; ils se retiraient d'un côté de la cage, puis en changeaient lorsque le premier était propre. Une fois les cages nettoyées et garnies d'un lit de sciure et de feuilles fraîches, on pouvait s'atteler à la préparation de la nourriture. En commençant par les fruits qu'il fallait peler et présenter différemment selon les animaux. Certains oiseaux par exemple aimaient les bananes coupées dans le sens de la longueur et suspendues au grillage de leur cage ; d'autres les préféraient en petits morceaux pour être facilement déglutis. Les uns n'acceptaient les mangues qu'incorporées à une espèce de bouillie de lait et de pain ; les autres exigeaient (avant d'accepter quoi que ce soit d'autre) une tranche de paw-paw bien mûre avec ses pépins. Si on enlevait les pépins (qui n'étaient pas là pour être mangés mais extraits un à un de la chair orange et tendre puis éparpillés aux quatre coins de la cage), ils ne touchaient pas au fruit. Préparer les fruits en tenant compte des goûts de chacun était une affaire de précision.

Venait ensuite la viande. Il en fallait sept kilos par jour : une sorte d'énorme mixed-grill composé de steak, de cœur, de foie et de cervelle, le tout finement haché. J'avais fait venir d'Asunción un gigantesque hachoir pour nous faciliter le travail. Il portait fièrement sur son socle l'inscription « Primera clase », mais ce lourd appareil se révéla une véritable plaie. Il fallait le manier avec prudence car ses pièces se détachaient, et l'on avait beau couper les morceaux les plus petits possibles avant de les lui insérer dans la gueule, ils finissaient toujours par se coincer, ce qui nous obligeait à le démonter entièrement. Même quand il fonctionnait normalement, il tressautait et grondait, émettant de temps à autre un cri strident qui n'avait d'autre but que d'éprouver les nerfs les plus solides.

L'étape suivante consistait à nettoyer les écuelles. Choisir le métier de naturaliste en croyant échapper aux tâches ménagères telles que la vaisselle serait une grossière erreur. À la fin de notre séjour, nous comptions une cinquantaine de cages et, dans chacune deux, trois, voire quatre récipients. Récipients qui devaient être récurés et rincés avec le plus grand soin avant chaque repas, car avec la chaleur un déchet oublié avait vite fait de contaminer la nourriture fraîche et de mettre en danger la vie de l'animal.

Certaines personnes pourraient penser que nous nous compliquions la vie en nous donnant tant de mal pour nos animaux. La réponse est qu'ils n'ont aucune chance de survivre en captivité si vous ne le faites pas. Dans toute collection, il y a un noyau d'animaux de très bonne composition qui s'accommodent de n'importe quel traitement; mais pour chacun d'eux, il faut compter vingt cas exceptionnels.

Les corvées terminées, nous pouvions nous consacrer aux soins particuliers et parfois plus délicats, comme nourrir les bébés au biberon, soigner les malades ou accueillir les nouveaux venus. Ces derniers pouvaient nous être apportés à toute heure du jour ou de la nuit, et leur installation allait rarement sans quelques difficultés. La plupart des animaux sont dociles et s'adaptent rapidement à la routine quotidienne, mais on tombe parfois sur un individu réfractaire qui ne s'accommode de rien. Très souvent, c'est un animal réputé facile à garder en captivité.

Un des batraciens à l'aspect le plus étonnant est sans doute celui qu'on trouve dans certaines régions d'Amérique du Sud. Il s'agit du crapaud cornu et, ne voyant pas de raison pour qu'il soit plus difficile à garder que d'autres crapauds, je tenais absolument à en capturer pendant notre séjour au Chaco. On m'avait confirmé qu'il y en avait et je sus qu'on lui donnait le nom d'*escuerzo*, mais ça s'arrêta là. Car il suffit de décider de faire la chasse à une espèce, aussi commune soit-elle, pour qu'elle disparaisse dès l'instant où vous commencez à vous y intéresser. J'eus beau montrer des photos de cet animal, promettre des récompenses faramineuses pour sa capture, aller jusqu'à arracher Jacquie et Rafael à leur lit en pleine nuit pour qu'ils m'aident à explorer les marais, le crapaud cornu restait introuvable. Si j'avais pu me douter des ennuis que m'apporteraient ces créatures, je me serais donné moins de peine.

Un jour, en arrivant pour déjeuner, je découvris sur la véranda une boîte de conserve cabossée, fermée par un tampon de feuilles. Paula savait seulement que c'était un *bicho*, ce dont je me doutais, et qu'il avait été apporté par un vieil Indien. Je retirai prudemment les feuilles à l'aide d'un bâton et me penchai au-dessus de l'intérieur rouillé. À ma grande surprise, je vis un gigantesque crapaud cornu, gentiment installé sur le dos de deux autres plus petits.

— Qu'est-ce que c'est? demanda Jacquie, restée à distance avec Paula.

— Trois crapauds cornus… splendides, répondis-je, fou de joie.

Je retournai la boîte et les bêtes atterrirent sur le sol. Paula poussa un cri de frayeur et se sauva à l'intérieur ; de la fenêtre, elle risqua un regard et se mit à gémir :

— *Señor… señor… es un bicho muy malo, señor, muy venenoso.*

— Et puis quoi encore… ce n'est pas un *yarará*, c'est un animal tout à fait inoffensif.

— *Madre de dios,* soupira Paula en levant les yeux au ciel à l'idée qu'on puisse s'extasier sur une telle bête.

— Ils sont venimeux ? me demanda Jacquie.

— Bien sûr que non… on pourrait le croire… mais non.

Tandis que nous parlions, les trois crapauds avaient retrouvé contenance. Le plus gros, accroupi, nous fixait d'un œil peu aimable. Sa circonférence était celle d'une soucoupe, et sa tête constituait les trois quarts de sa masse corporelle. Il avait de courtes pattes épaisses, un corps ventru, et cette énorme tête sertie de deux grands yeux décorés d'un filigrane or et argent. Au-dessus de chaque œil, la peau formait une espèce de triangle isocèle, à la manière des cornes d'une jeune chèvre. Quant à la bouche, simplement monstrueuse, elle paraissait l'ouvrir en deux. Avec ses lèvres en caoutchouc, sa tête cornue et sa bouche boudeuse, ce crapaud affichait une expression alliant l'extrême malveillance à l'arrogance d'un monarque obèse. Et cet air diabolique était accentué par le fait que sa peau, d'un jaune moutarde pâle, était tachée de rouille et de vert cendré, comme si quelqu'un possédant des connaissances artistiques et géographiques sommaires avait essayé d'y dessiner une carte du monde.

Tandis que Paula invoquait Dieu et tous ses saints en assurant Jacquie que la señora ne tarderait pas à être veuve, je me penchai sur notre protégé pour l'examiner de plus près. Dès qu'il se sentit observé, son gosier eut une sorte de convulsion et son corps se gonfla au point de doubler de volume; il se mit à expirer en une série de sifflements en faisant de petits bonds dans ma direction et en claquant la bouche. Numéro saisissant, car l'intérieur de cette immense ouverture était d'un jaune primevère éclatant.

En l'entendant lancer son cri de guerre, Paula, toujours penchée à sa fenêtre, joignit les mains en se balançant en avant et en arrière. C'était une occasion en or de lui donner quelques rudiments d'histoire naturelle et de rehausser en même temps mon prestige. Je ramassai le crapaud qui se débattait et sifflait tel un asthmatique pour m'approcher de Paula, postée à la fenêtre comme derrière un théâtre de marionnettes.

— *Bueno*, Paula, *mira... no es venenoso... nada, nada*, dis-je.

L'animal ouvrit son immense bouche pour lâcher de nouveau un son de cornemuse, et j'y fourrai mon pouce. Il fut tellement surpris qu'il la laissa un instant ouverte et j'adressai un sourire rassurant à Paula qui semblait au bord de l'évanouissement.

— *No venenoso*, répétai-je, *no es...*

Le crapaud, remis de sa surprise, referma brusquement la bouche. Je crus qu'on m'avait amputé la phalange supérieure du pouce avec une hachette émoussée. Je parvins à étouffer un cri de douleur. Paula me fixait avec des yeux en boules de loto. Ma bouche se tordit en une grimace que j'essayai de faire passer pour un sourire débonnaire, tandis que le crapaud jouait à serrer et desserrer les mâchoires. J'avais l'impression que mon pouce était couché sur des rails où passait un interminable train de marchandises aux roues anormalement nombreuses.

— *Santa Maria*, fit Paula, *qué extraordinario... no tiene veneno, señor?*

— *No, nada de veneno*, dis-je d'une voix rauque sans me départir de mon sourire crispé.

— Qu'est-ce qui t'arrive? demanda Jacquie.

— Pour l'amour du ciel, éloigne cette femme. Cette satanée bestiole m'a presque arraché le pouce.

Jacquie détourna l'attention de Paula en lui parlant du repas et Paula s'évapora vers la cuisine en répétant comme une litanie: *extraordinario...* Nous pûmes ainsi nous employer à sauver ce qui restait de mon pouce. La difficulté était que ses mâchoires si puissantes étaient aussi très fragiles et se ployaient de façon inquiétante dès que nous essayions de les ouvrir avec un bâtonnet. Or, chaque fois qu'on retirait le bâton, l'animal serrait le pouce un peu plus fort d'un air triomphant. Je posai la main sur le ciment, dans l'espoir qu'il me lâcherait, mais il se contenta de s'accroupir comme un chien de garde féroce en me défiant du regard.

— Tu devrais peut-être te mettre ailleurs que sur le ciment, suggéra Jacquie.

— Qu'est-ce que tu proposes ? Que j'aille m'asseoir avec lui dans l'étang? dis-je avec mauvaise humeur.

— Non, mais si tu mettais ta main dans le buisson d'hibiscus, il aurait peut-être envie de s'échapper.

— S'il ne me lâche pas ici, je ne vois pas ce que ça changera de crapahuter dans un buisson d'hibiscus.

— C'est toi qui sais. Tu as peut-être l'intention de porter toute ta vie un crapaud au bout du pouce?

Comme il fallait choisir entre le risque d'abîmer la bouche de l'animal en cherchant à l'ouvrir et le buisson, je choisis le buisson. J'y plongeai la main. Le crapaud fit un bond en arrière en recrachant mon pouce d'un air dégoûté. Je le rattrapai et le remis dans la boîte de conserve tandis qu'il poussait quelques soupirs sans conviction. Mon pouce portait un cercle rouge à l'endroit où ses mâchoires avaient resserré leur étau, et une heure plus tard l'ongle était noir. Je dus attendre plusieurs jours avant de pouvoir me servir de ce doigt, qui ne retrouva sa couleur normale qu'au bout d'un mois. J'étais à tout jamais guéri du désir de persuader les habitants du Chaco que le crapaud cornu était inoffensif.

Le Chaco était un tel paradis pour les oiseaux qu'ils ne tardèrent pas à dominer dans notre collection. Les plus gros étaient les cariamas. Leur corps, de la taille d'un poulet, était monté sur des jambes longues et puissantes, et leur tête reposait sur un cou également long. Un bec légèrement recourbé en son extrémité et d'énormes yeux pâles leur donnaient l'air de faucons.

Leur plumage, brun-gris sur le cou et le dos, était crème sur la poitrine. Quant à leur tête, elle s'ornait au-dessus des narines d'une curieuse touffe de plumes. À les regarder marcher, le cou plié et la tête rejetée en arrière avec une expression dédaigneuse, j'avais l'impression de voir des chameaux plumés particulièrement hautains. Nos deux hôtes étaient si parfaitement apprivoisés que nous les laissions se promener en liberté dans le camp durant la journée.

Le matin, lorsqu'on les sortait de leur cage, ils commençaient par un tour d'inspection. Paradant avec beaucoup de dignité pendant quelques mètres, ils s'immobilisaient soudain, levaient une jambe et restaient dans cette position, figés dans leur dédain, leur diadème effiloché tout frémissant. Puis ils posaient la jambe et repartaient à pas comptés avant de s'arrêter à nouveau quelques mètres plus loin. On aurait dit deux douairières interrompues dans leur promenade par les sifflements d'un soldat ivre.

Il arrivait cependant aux douairières d'abandonner leurs grands airs et de se livrer à des extravagances échevelées. Quand l'une d'elles, par exemple, rencontrait une brindille, elle la ramassait et, la tenant dans son bec, se précipitait vers sa compagne pour déposer l'offrande sur le sol. Alors commençait une sorte de ballet minutieusement réglé : elles fixaient la brindille, puis se mettaient à pirouetter tout autour, s'inclinaient courtoisement tout en agitant leurs larges ailes et en ramassant de temps à autre la brindille qu'elles envoyaient en l'air d'un air amusé. Le jeu s'arrêtait aussi soudainement qu'il avait débuté. Immobiles de nouveau, elles se dévisageaient d'un air glacial et partaient chacune de son côté.

Les dames cariamas se découvrirent par ailleurs une passion pour les clous, convaincues (un peu comme l'avait été le boucher Anastacius) qu'ils étaient vivants. Elles en prenaient un dans le paquet et le cognaient par terre jusqu'à ce qu'il rende l'âme. Sur quoi, elles l'abandonnaient et recommençaient avec un autre. En un rien de temps, le paquet était vide et les cariamas trônaient fièrement au milieu d'une mer de clous « morts ». Heureusement, elles ne s'avisèrent jamais de les avaler, mais cette manie m'obligeait, chaque fois que je voulais construire quelque chose, à ratisser la poussière à la recherche des clous assassinés que les cariamas avaient passé la matinée à disséminer autour du camp.

À part ces deux excentriques, l'oiseau qui nous amusa sûrement le plus était un râle : un petit oiseau des marais aux yeux perçants couleur de vigne, qui possédait un long bec terriblement pointu ainsi que d'énormes pattes. Ce fut le seul spécimen qui eut l'honneur de nous être procuré par Paula, qui n'en fut pas la moins surprise. Voici comment c'est arrivé.

Jacquie s'étant réveillée un matin avec des frissons, qui indiquaient une légère reprise de fièvre pappataci, je l'avais obligée à garder le lit. J'avalai un petit déjeuner, informai Paula que la señora ne se lèverait pas et je partis m'occuper des animaux. En revenant à l'heure du déjeuner, je fus surpris de retrouver le lit de Jacquie – où elle était toujours – sur la véranda. De la maison me parvenait une cacophonie discordante où dominaient les hululements de Paula.

— Qu'est-ce qui se passe ? demandai-je à ma femme.

— Dieu merci, te voilà ! répondit-elle. Tu as raté une matinée palpitante. Paula n'a cessé d'entrer et de sortir de la chambre sur la pointe des pieds avec toute une collection de tisanes et de gelées effroyables, mais quand elle a compris que je n'avais qu'une envie, c'était de dormir, elle a renoncé à s'occuper de moi pour s'attaquer au ménage. Il semblerait qu'elle le fasse de fond en comble une fois par semaine, et il fallait que ça tombe aujourd'hui.

À l'intérieur de la maison, une troupe de cosaques se faisait pourchasser par des Peaux-Rouges sopranos. On entendit quelque chose tomber, un bruit de verre brisé, et le manche d'un balai apparut à travers la vitre.

— Mais qu'est-ce qui se passe là-dedans ?

— Laisse-moi t'expliquer, me dit Jacquie. Je m'endormais enfin quand Paula est entrée en m'annonçant qu'elle voulait faire la chambre. Je lui ai dit que je souhaitais rester au lit et que le ménage attendrait. Elle a pris un air outré et elle est sortie sur la véranda pour appeler ses filles. Une dizaine d'entre elles ont débarqué et avant que j'aie eu le temps de comprendre ce qui se passait elles avaient soulevé le lit et m'ont transportée ici. Ensuite, elles se sont lancées dans le nettoyage de la chambre… toute la troupe.

On entendit un nouveau bruit de chute, suivi de glapissements et de pas rapides.

— Et c'est la chambre qu'elles sont en train de faire maintenant ? demandai-je.

— Non... ça, c'est fini. Elles revenaient me chercher quand Paula a poussé un de ses cris glaçants, en hurlant qu'il y avait un *bicho* dans le jardin. Je ne voyais rien, mais les filles semblaient l'avoir repéré. Je n'ai pas eu le temps de leur demander de quel animal il s'agissait qu'elles avaient détalé dans le jardin pour fouiller les buissons sous la direction de Paula. Le *bicho* a pris ses jambes à son cou et pour une raison étrange s'est engouffré dans la maison... elles l'ont suivi et le cherchent toujours. Ça doit être un véritable carnage là-dedans car ça fait une demi-heure qu'elles se démènent. Je n'ai plus de voix à force de les appeler, mais elles ne me répondent pas. Avec le bruit qu'elles font, c'est un miracle que la bête ne soit pas encore morte d'une crise cardiaque.

— Ce qui est sûr, c'est que le *bicho* en question est inoffensif, sans quoi elles ne l'auraient pas poursuivi... mais je vais jeter un coup d'œil.

Je passai la tête avec prudence. Le salon semblait avoir essuyé une tornade, les chaises étaient retournées et le sol était juché de vaisselle cassée. Des bruits étouffés indiquaient que la chasse s'était déplacée dans la pièce suivante. J'ouvris lentement la porte de la chambre et je fus aussitôt assourdi par les cris qui en sortirent. En la poussant encore un peu, je passai à nouveau la tête et faillis me faire décapiter par un balai surgi de nulle part. Je me retirai en laissant la porte entrouverte :

— Paula, *qué pasa* ? criai-je à travers l'interstice.

Un silence, puis la porte s'ouvrit brusquement et Paula apparut sur le seuil, tremblant comme un ballon de barrage à moitié dégonflé.

— *Señor*, dit-elle en désignant le lit, *un bicho, señor, un pájaro muy lindo !*

J'entrai et refermai la porte. Debout au milieu de la chambre en ruine, le gang de Paula me regardait avec des sourires enchantés. Elles étaient échevelées, pantelantes et l'une d'elles avait même déchiré le devant de sa robe, ne faisant plus beaucoup mystère de ses charmes indiscutables. Le cœur chaviré par les effluves de tous leurs parfums répandus dans un espace si restreint, je m'approchai du lit, et, à quatre pattes, regardai dessous. Paula et les filles m'enfermèrent comme dans une mêlée, tandis que je cherchais le *bicho*. Sous le lit, se tenait tapi un râle furieux, à bout de souffle, mais encore belliqueux. Les quelques minutes qui suivirent furent pleines de suspense : les filles et Paula se rassemblèrent d'un côté du lit pour pousser l'oiseau vers moi, tandis que je rampai dessous, une serviette à la main, et essayai de l'attraper. Ma première tentative fut un échec, car au moment de lancer la serviette je m'aperçus que le pied de Paula était innocemment posé dessus. La deuxième aussi, car une des filles, dans son excitation, m'écrasa la main. La troisième fut la bonne et je refis surface en tenant fermement dans la serviette le râle qui criait à tue-tête. J'allai le montrer à Jacquie, et Paula, retrouvant son autorité, donna l'ordre à ses troupes de remettre la maison en état.

— Tout ça pour *ça*, soupira Jacquie d'un air dépité à la vue de la petite tête empoussiérée qui sortait de la serviette.

— Oui... comment c'est possible qu'à dix elles ne soient pas arrivées à l'attraper ?

— Je ne vois pas ce que tu lui trouves, insista Jacquie ; il a l'air effroyablement banal.

Ce en quoi elle se trompait, car notre râle au caractère exécrable avait une personnalité bien à lui et ne tarda pas à devenir notre oiseau préféré.

Sa démarche était presque aussi comique que celle des cariamas. Il pilait soudain et baissait la tête, le cou tendu et les yeux plissés, à la manière d'un maître d'école efflanqué qui épierait sa classe par le trou de la serrure. Apparemment satisfait, il se redressait, agitait trois ou quatre fois sa courte queue pointue et repartait de son air affecté vers le prochain trou de serrure. Cette habitude de battre de la queue de haut en bas lui valut le surnom, un peu familier, certes, mais éloquent de « Flap Arse[1] ». Il n'hésitait jamais à se servir de son bec affûté et picorait sauvagement la main qui nettoyait sa cage ; cette opération devint ainsi la plus ardue et la plus sanglante de nos tâches. Je me souviens que le jour de sa capture, j'avais empli d'eau une boîte en métal ayant contenu des cigarettes Players. À peine l'avais-je introduite dans la cage qu'il se jeta dessus et la transperça d'un coup de bec aussi aisément qu'une aiguille traverse une étoffe. La boîte au bout du bec, il dansa tout

1. Bat-du-derrière.

autour de sa cage, et il me fallut un moment pour l'attraper et la lui retirer. Nous le gardâmes dans une cage à barreaux en bois au travers desquels il épiait l'univers, lançant de temps à autre un cri rauque qui était, je crois, une sorte de réprimande.

Au-dessus de lui vivait un autre oiseau, un des préférés de Jacquie, qu'à son grand dam j'avais baptisé Dracula. C'était un ibis à face nue ; un oiseau de la taille d'un pigeon, avec des jambes trapues couleur de chair et un long bec recourbé de la même couleur. À l'exception d'une zone autour des yeux et du bec, qui était dénudée et couleur de cire pâle, tout le reste du corps était recouvert d'un plumage noir sépulcral. Deux tristes petits yeux semblaient regarder dans le vague. Mangeur délicat, Dracula ne pouvait absorber sa viande que réduite à l'état de minuscules filaments gorgés d'eau ; et si nous mélangions à sa mixture un bout de cervelle crue, son bonheur était complet ; il plongeait alors son bec dans ce délice en laissant échapper de petits sifflements de plaisir. Si exquis et attachant qu'il fût, il avait quelque chose d'inquiétant quand il repérait, avec un gloussement sadique, un morceau de cervelle gluante et saignante, un peu comme un vampire découvrant une tombe fraîche.

Un ibis à face noire, que l'on surnommait BFI[1], était lui aussi friand de cervelle. Il eut droit à un régime purement carné jusqu'au jour où j'eus l'idée d'améliorer son ordinaire en mélangeant un peu de cervelle à sa viande. Il était impossible que BFI ait déjà goûté cette

1. Pour *black faced ibis*, mais aussi *British Film Institute.*

friandise dans son milieu naturel, mais il se jeta dessus comme si c'était son mets préféré. Malheureusement, il décida dès lors que la viande était trop dure et trop ordinaire pour lui et réclama de la cervelle à chaque repas. BFI, contrairement à Dracula, ne faisait pas de manières ; à l'heure du repas, il s'installait aussi près que possible de sa gamelle (de préférence dedans) et éparpillait les morceaux de cervelle tout autour et sur lui, avec l'insouciance de quelqu'un qui lance des confettis, en poussant, le bec plein, des « arr-onk » triomphants.

Une fois par semaine, ces trois pensionnaires, Flap-Arse, Dracula et BFI, avaient, pour des raisons de santé, un repas de poisson. Cela n'avait pas été facile à organiser au Chaco où on n'en trouvait pas sur le marché local puisque ça ne traversait l'esprit de personne d'en manger. Armés d'un équipement qui pouvait laisser supposer que nous partions pour la pêche au requin, nous gagnions, le matin, le bord de la rivière. Il y avait là un débarcadère désaffecté dont les piliers étaient un repaire pour les araignées et autres créatures, et qui disparaissait presque sous un grand tapis brillant de feuilles d'ipomée parsemé de trompettes roses. Nous avancions prudemment de poutre en poutre en prenant garde de ne pas déranger les nids de grandes guêpes bleues, et nous arrivions à la vieille jetée faisant saillie au-dessus des eaux noires, avec ses piliers fragiles auxquels les feuilles de lys semblaient faire une collerette. Perchés à l'extrémité de la jetée, ayant fixé les appâts aux hameçons, nous lancions nos lignes dans l'eau brune. Parler de pêche serait exagéré tant la rivière était infestée de piranhas ; le moindre morceau de viande suffisait à attirer autour de l'hameçon toute une ronde de candidats au suicide. Et il s'agissait encore moins de sport, car l'issue ne faisait aucun doute ; mais ces expéditions étaient un prétexte pour rester assis sur la jetée à admirer le merveilleux paysage. Les couchers de soleil nous emplissaient d'une telle joie que même les nuées de moustiques n'arrivaient pas à nous arracher à notre contemplation. Après deux mois passés avec nous dans le Chaco, Rafael dut nous quitter pour regagner Buenos Aires. La veille de son départ, nous pêchâmes toute la soirée et le coucher de soleil fut sans doute le plus grandiose que nous ayons jamais eu.

Il avait plu quelque part vers le nord, dans les grandes forêts brésiliennes, et la rivière était en crue. Le ciel bleu pâle était aussi lisse et limpide qu'une turquoise, puis, à mesure que le soleil plongeait doucement, nous le vîmes passer du jaune au rouge lie-de-vin, tandis que les eaux sombres de la rivière avançaient tel un ballot de soie moirée déroulé entre les deux rives. Quand le soleil atteignit l'horizon, il marqua une pause et surgirent alors, on ne sait d'où, trois petits nuages noirs, légers comme des bulles de savon et bordés de rouge ; ils se disposèrent avec grâce, et derrière ce paravent le soleil disparut discrètement. Puis, vers l'embouchure de la rivière, les premiers petits îlots flottant apparurent. Charriés par les eaux en crue, c'étaient des lys, des volubilis et des herbes, enroulés autour de troncs arrachés aux grandes forêts. Le soleil avait maintenant disparu et, dans le bref crépuscule, la rivière prit une couleur lunaire ; par centaines, les îlots glissaient silencieusement vers la mer ; certains pas plus grands qu'un chapeau, d'autres touffus et denses comme des tapis de la taille d'une pièce. Chacun portait sa cargaison de graines, de pousses, de bulbes, de sangsues, de crapauds, de serpents et d'escargots. Étrange armada que nous regardâmes défiler jusqu'au moment où, la nuit étant venue, il ne fut plus possible de distinguer quoi que ce soit, hormis le doux murmure des îlots feuillus caressant à leur passage les piliers de la vieille jetée. Enfin, le besoin de nous dégourdir les jambes et de fuir les nuées de moustiques nous fit regagner le village en silence ; tout au long de la nuit, la vie se poursuivit sur la rivière qui, au matin, était redevenue aussi calme qu'un miroir.

L'oiseau à quatre yeux et l'anaconda

C'est au son d'une bien curieuse musique que s'annonça le spécimen qui nous arriva un matin. De très loin, j'aperçus un Indien, lancé au pas de course, qui se dirigeait vers le camp en retenant d'une main son chapeau sur sa tête, tandis que de l'autre il semblait empêcher quelque chose de sortir de son panier. La chose en question n'avait pas l'air d'apprécier ce moyen de transport et exprimait son opinion par une suite ininterrompue de sons de basse. On aurait dit quelqu'un qui essayait de jouer une fugue de Bach sur un vieux cornet à poire. L'Indien se précipita vers moi, déposa le panier à mes pieds, puis recula en soulevant son chapeau et en souriant de toutes ses dents.

— *Buenos días, señor,* me dit-il, *es un bicho, señor, un pájaro muy lindo.*

De quel oiseau pouvaient bien sortir de tels sons d'orgue ? Le panier continuait à s'agiter sur le sol et son contenu criait de plus belle. En me penchant, j'aperçus un œil de bronze qui m'épiait à travers la vannerie. Je soulevai légèrement le couvercle, eus à peine le temps de voir une masse de plumes fauves qu'un long bec vert en forme de dague surgit du panier, s'enfonça dans mon pouce d'au moins un centimètre et se rétracta aussitôt. Jacquie, attirée par mon cri de douleur et la bordée d'injures qui s'ensuivit, me demanda, l'air résigné, quel animal m'avait mordu cette fois.

— Un butor, marmonnai-je en suçant mon pouce. Plus exactement un onoré rayé. Aide-moi à sortir cette bestiole du panier… Je veux la voir de plus près.

Elle s'accroupit, souleva le couvercle et de nouveau le grand bec vert s'apprêta à attaquer ; mais cette fois-ci j'étais paré. Je le saisis adroitement entre le pouce et l'index. Malgré les protestations assourdissantes et les coups de patte, je réussis à glisser la main à l'intérieur du panier et, tenant solidement l'oiseau sous les ailes, je l'en extirpai.

Je ne sais ce que Jacquie s'attendait à voir, mais elle en eut le souffle coupé. Le butor est, en effet, de tous les échassiers l'un des plus spectaculaires. Imaginez un héron bossu, aux pattes et au bec vert cendré, entièrement recouvert d'un plumage vert pâle tacheté et rayé à la fois de noir et d'orange : le résultat est comme un petit feu de joie.

— Qu'il est merveilleux ! s'exclama Jacquie. Quelles couleurs !

— Tiens-le une seconde… je voudrais examiner son aile… elle a l'air de pendre d'une drôle de façon.

Tandis que Jacquie lui maintenait les pattes, je glissai la main le long de son aile gauche et trouvai l'enflure qui accompagne toute fracture; située assez haut, elle était nette et sans esquille.

— Elle est cassée? demanda Jacquie.

— Oui, une fracture assez haute... mais plutôt nette.

— Quel dommage! Il est tellement beau. On ne peut rien faire pour lui?

— Je peux essayer, mais tu sais comme ces bestioles sont stupides quand il s'agit de bandage.

— Essayons quand même. Je crois que ça en vaut la peine.

— Bon. Va chercher de l'argent pour notre Daniel Boone[1], et je vais essayer de lui dire ce qui se passe.

Non sans mal, j'expliquai à l'Indien que son oiseau avait une aile cassée. Je guidai son doigt sur la fracture, et il secoua la tête tristement. Puis je m'efforçai de lui expliquer que je lui payerais la moitié du prix, et l'autre moitié dans une semaine si l'oiseau s'en tirait. Ayant usé sans succès de toutes mes connaissances d'espagnol et dans l'impossibilité, ce qui m'eût été utile, de me servir de mes mains pour m'exprimer (l'une serrait l'oiseau, l'autre lui tenait le bec fermé), je dus répéter trois fois ma petite histoire à l'Indien. Soudain, son visage s'éclaira et il opina vigoureusement de la tête. Nous échangeâmes de grands sourires et des petites révérences en répétant «*gracias, gracias*». Puis il me deman-

1. Explorateur américain, pionnier de la colonisation de l'Amérique du Nord, qui avait guidé les colons vers l'Ouest en les défendant contre les attaques des Amérindiens.

da combien j'allais lui donner. Cette simple question devait causer ma perte. Sans réfléchir, je levai la main pour composer le chiffre avec mes doigts. C'était malheureusement celle qui tenait le bec. L'oiseau n'attendait que ça et réagit comme l'aurait fait n'importe lequel de ses semblables dans une rixe : il leva la tête et visa mes yeux avec son bec. Par une chance extraordinaire, j'eus le temps de rejeter la tête en arrière ; il manqua son but, mais son bec vint se ficher dans ma narine et la pointe se planta quelque part près du sinus.

Je n'essayerai pas de décrire la souffrance que j'éprouvai. C'était comme si un cheval m'avait botté en plein visage. Le sang giclait de mon nez comme d'une fontaine, aspergeant l'oiseau et l'Indien qui s'était précipité pour me venir en aide. Je lui tendis le butor et rentrai vite me soigner ; Jacquie s'affaira avec des serviettes humides, du coton et de l'acide borique, en me grondant gentiment.

— Imagine s'il avait atteint ton œil, disait-elle en nettoyant le sang séché sur mes lèvres et mes joues.

— Je préfère ne pas y penser. Avec ce bec d'au moins quinze centimètres, il m'aurait traversé le cerveau.

— Si seulement ça pouvait te rendre plus prudent, commenta Jacquie peu compatissante. Tiens ce coton un moment sous ton nez… ça saigne encore un peu.

Je ressortis avec une tête à illustrer une affiche contre la vivisection, réglai l'Indien, puis j'installai mon butor dans une cage le temps de réunir le matériel médical nécessaire pour soigner la fracture. Il fallait du bois tendre pour découper deux attelles. Je les plaçai sur deux couches de coton et les maintins en place avec de la charpie. Une grande caisse me servit de table d'opération où je posai bandages, ciseaux et lames de rasoir; après avoir enfilé un gant j'allai chercher mon patient. À peine la porte de la cage ouverte, il se jeta en avant, toujours agressif; mais je l'attrapai par le bec et le tirai dehors malgré ses protestations. La première opération consista à lui lier les pattes et le bec à l'aide d'un bandage, et à le coucher sur la table. Jacquie lui tenant les pattes et le bec, je me mis au travail. Je commençai par couper ses plumes, moins pour faciliter la pose de l'attelle que pour alléger l'aile. Une fois celle-ci mise à nu, je glissai l'attelle dessous en prenant soin de positionner la fracture au milieu de la planchette; c'était le point le plus délicat de l'intervention; je tâtai pour trouver les deux extrémités de l'os et les placer correctement. Puis j'étendis l'autre attelle au-dessus, et je serrai le tout dans une couche de coton. Restait alors à ficeler l'ensemble avec des kilomètres de bandage et à attacher cette masse contre le corps avec une sorte d'écharpe pour éviter que le poids n'entraîne l'aile vers le bas, et ne déplace les extrémités de l'os. L'opération achevée, je remis le patient dans sa cage, avec une copieuse ration de viande hachée et d'eau fraîche.

Il se conduisit de façon irréprochable tout le reste de la journée, et n'essaya pas de toucher à ses bandages, chose rare pour un animal sauvage qui découvre la vie en captivité. J'avais connu tant d'expériences exaspérantes avec des oiseaux et des mammifères auxquels j'avais prodigué des soins, que j'étais tout heureux de voir mon butor se résigner si calmement à son sort et allai jusqu'à lui prêter l'intelligence d'avoir compris que cet inconfort était pour son bien. C'était le surestimer et je devais déchanter dès le lendemain matin.

— Viens voir cet idiot, m'appela Jacquie.

— Qu'a-t-il fait ?

— Il a tout retiré… je t'ai trouvé bien optimiste, hier soir.

Tapi dans un coin de sa cage, le butor posa sur nous un regard à la fois satisfait et penaud. Il s'en était visiblement donné à cœur joie pour libérer son aile des bandages, mais il avait oublié un détail : l'intérieur de son bec était finement dentelé, comme une scie dont les dents seraient dirigées vers la gorge. Quand il attrapait un poisson, ces petites « dents » le maintenaient en place et l'empêchaient de glisser. C'était idéal pour attraper des poissons, beaucoup moins pour défaire des bandages. Avec ces mètres de gaze accrochés au bec comme des festons, il avait l'air d'un père Noël dont la barbe aurait glissé de côté dans la chaleur d'un grand magasin. Il nous foudroya du regard en nous entendant rire, et poussa un cri de protestation étouffé par la gaze.

Nous passâmes une bonne demi-heure à retirer la charpie avec une pince à épiler. Les attelles étaient fort heureusement restées en place, et les os n'avaient pas bougé. Il fallut renouveler toute l'opération et, devant son air contrit, je crus qu'il avait compris. Mais le lendemain matin il avait à nouveau réussi à enlever ses bandages qui restaient accrochés à son bec, et nous fûmes obligés de tout reprendre de zéro. En pure perte, car chaque matin on le retrouvait déguisé de sa grande barbe blanche patriarcale.

— J'en ai assez de refaire les bandages de cet idiot, disais-je à Jacquie en nettoyant son bec pour la huitième fois consécutive.

— Moi aussi... mais on n'a pas le choix. Et à ce rythme-là on aura bientôt épuisé notre stock; on aurait dû penser à apporter du plâtre.

— Ou même du sparadrap... ça lui aurait fait les pieds. Ce qui m'inquiète, c'est qu'avec tout ça son aile risque de se ressouder de travers.

— Attendons, il n'y a rien d'autre à faire, conclut sagement Jacquie.

Pendant trois semaines interminables, l'aile de l'oiseau fut donc manipulée tous les matins jusqu'au jour où les bandages furent retirés pour de bon.

— Je me demande ce que cela va donner, dit Jacquie.

— Il aura probablement une aile en tire-bouchon, dis-je avec une certaine tristesse.

Les attelles tombèrent et ce fut la surprise: l'aile était parfaite, et le cal invisible; à peine le devinait-on. Les muscles naturellement s'étaient atrophiés, mais je savais qu'ils reprendraient vite de leur vigueur, que l'aile redeviendrait normale et se remplumerait avec le temps. Ce patient faisait notre fierté, car il était l'illustration de ce qu'on peut obtenir avec de la persévérance, même lorsque le cas semble désespéré. Il n'en conçut, bien entendu, aucune gratitude – à moins de prendre les attaques sauvages dont nous faisions l'objet à l'heure des repas pour des marques de reconnaissance – mais nous fûmes autrement récompensés car sans lui nous n'aurions pas rencontré l'oiseau à quatre yeux et l'anaconda.

L'Indien qui nous avait apporté le butor ne se pointa pas le jour prévu pour chercher le reste de son argent, ce qui était très inhabituel. Il n'arriva que dix jours plus tard et parut ravi de voir son oiseau rétabli. Il nous expliqua que s'il avait mis tout ce temps à revenir c'est qu'il avait essayé d'attraper pour nous un serpent énorme, «*muy, muy grande*», selon ses dires, et terriblement redoutable. Cet ancêtre de tous les reptiles vivait dans un marais derrière sa maison, et était venu à deux reprises, en l'espace de trois mois, lui voler un poulet. L'Indien avait réussi à le suivre jusqu'au marais où il avait perdu sa trace. Mais la nuit précédente, le serpent était revenu faire un troisième prélèvement, et cette fois l'Indien pensait avoir repéré l'endroit où il s'était installé pour digérer son dernier poulet. Le señor, demandait-il avec déférence, aimerait-il l'accompagner pour l'attraper? Le señor répondit que rien ne lui ferait plus plaisir, et rendez-vous fut pris pour le lendemain matin.

Pensant que la traque – et avec un peu de chance la capture – d'un anaconda (car je n'avais aucun doute qu'il s'agissait de ce serpent) pourrait faire l'objet d'un film original, je m'occupai sur-le-champ de retenir un char à bœufs pour Jacquie et la caméra. Avec leurs roues gigantesques, dont certaines atteignent plus de deux mètres de diamètre, ces chars sont à même de traverser des terres marécageuses et passent là où tout autre véhicule s'enliserait. L'attelage varie en fonction de la charge à tirer et, malgré son indiscutable lenteur et son inconfort, ce moyen de transport a l'avantage de vous emmener dans des régions autrement inaccessibles. Le lendemain matin, notre cortège s'ébranla pour le repaire de l'anaconda, l'Indien et moi à cheval, et Jacquie assise sur son char tiré par un couple de bœufs stoïques aux yeux rêveurs.

Je n'avais pas imaginé que la route serait aussi longue. J'avais espéré atteindre le marais avant que le soleil soit trop haut, mais à 10 heures, dans une chaleur déjà intense, nous cheminions encore au milieu des buissons épineux. Les bœufs donnaient la cadence de la caravane : ils avançaient régulièrement mais deux fois plus lentement que nos chevaux, ce qui nous ralentissait considérablement. La région était terriblement sèche et poussiéreuse, et nous devions marcher côte à côte. En suivant le char on était asphyxiés et, si on le précédait, c'était les bœufs qui risquaient de suffoquer. Les oiseaux apportaient au paysage son animation matinale ; des groupes de coucous guiras picoraient en se chamaillant dans les herbes au bord du sentier. Ils attendaient que le char soit à deux mètres avant de déployer leurs ailes et de s'envoler comme une nuée de flèches en papier brun, en bavardant gaiement, avant de se reposer vingt mètres plus loin. Cinq toucans sautillaient dans les branches des *palos borrachos* décorées de longues cascades argentées de barbe de vieillard. Ils nous observaient par-dessus leur long bec luisant et poussaient, tels des loulous de Poméranie, de petits jappements. Il n'était pas un seul tronc d'arbre, pas une éminence sur lesquels ne soit posé un tyran tritri – avec sa poitrine scintillant comme une étoile. Ils se laissaient tomber comme un lourd flocon de neige, happaient un insecte, puis dépliaient leurs ailes noires pour regagner leur perchoir. Au milieu du chemin, un cariama s'arrêta un instant sur une de ses longues pattes pour nous observer d'un œil dédaigneux, puis repartit, l'air affairé, vers d'autres occupations.

Soudain, le paysage s'ouvrit. La forêt devint moins dense, et on vit miroiter un peu partout des étendues d'eau. Ibis, cigognes et hérons défilaient deux par deux entre les herbes luxuriantes, avec la gravité de moines déambulant dans un cloître. Nous aperçûmes au loin la cabane, but de notre expédition, mais pour l'atteindre il fallait encore traverser une plaine qui était en réalité un marécage disparaissant sous la végétation. À peine y avions-nous pénétré que les bœufs et les chevaux eurent de l'eau jusqu'au ventre. Les bœufs, avec leurs pattes plus trapues et plus robustes, s'en tiraient mieux que les chevaux. Ils n'étaient pas gênés par les lianes et se contentaient d'avancer à une allure constante comme ils l'avaient fait sur la terre sèche, écrasant tout sur leur passage. Les chevaux, eux, se prenaient les jambes dans les lianes et dans les longues tiges des lys, qui les faisaient trébucher. Non sans mal, nous atteignîmes enfin l'autre rive et nos montures s'arrachèrent avec soulagement à la végétation aquatique, tandis que les bœufs, les pattes enrubannées de lianes et de feuilles, gagnaient la terre ferme du même pas indifférent.

À notre arrivée, la femme de notre guide insista pour nous offrir une tasse de maté. Une courte halte à l'ombre était la bienvenue et nous acceptâmes avec plaisir. Jacquie et moi eûmes droit à des tasses ; les autres partagèrent le pot et la pipe. Debout, une petite fille officiait et passait la pipe de l'un à l'autre, chacun aspirant à son tour une gorgée. Au bout de quelques minutes, frais et dispos, nous prîmes congé de la femme après l'avoir remerciée. Malheureusement, le plus dur restait à faire et la dernière heure fut un calvaire.Nous étions arrivés au milieu d'un immense marais muré de tous côtés par la forêt qui le transformait en fournaise, sans un souffle d'air pour atténuer l'ardeur du soleil. L'eau montait jusqu'aux moyeux et la végétation était si dense que même les bœufs peinaient. Cet étang devait être un gigantesque terrain de ponte pour toutes les sortes de moustiques imaginables. Ils formaient devant nos yeux un écran compact, s'abattaient sur nous dans un vrombissement joyeux et nous suçaient voracement, gênés seulement par la sueur qui inondait nos visages. Après quelques efforts, évidemment inutiles, pour tenter de les chasser, nous sombrâmes dans une espèce de léthargie et nous nous offrîmes en victimes aux millions d'insectes avides de pomper notre sang. Enfin, le voile sembla s'éclaircir et je parvins à distinguer une sorte d'île, petite éminence de vingt mètres carrés au-dessus du tapis de végétation. Comme nous approchions, je vis qu'elle était boisée et ombragée, et je pensai qu'il serait merveilleux de s'y reposer.

Notre guide eut, semble-t-il, la même idée, car il se retourna sur sa selle et me cria en balayant d'un revers de main les moustiques collés à son visage :

— *Señor, bueno, eh ?*

— *Si, si, muy lindo*, répondis-je, et faisant faire demi-tour à mon cheval je galopai jusqu'au char qui emmenait une longue traîne de plantes déracinées. Jacquie était assise sur le plancher, un énorme chapeau perché sur sa tête et la figure dissimulée sous un foulard.

— Qu'est-ce que tu dirais d'une halte ?

Un œil sombre me regarda, entre les plis du foulard ; elle l'enleva et je vis un visage rouge et enflé, dévoré par les moustiques.

— J'en serais ravie, dit-elle d'un ton amer. Ce que je voudrais aussi c'est une douche froide, une boisson glacée et quatre tonnes d'insecticide. Mais ne rêvons pas.

— Commençons par la halte. Il y a une petite éminence là-bas où on pourra s'arrêter un moment.

— Où perche donc ce maudit serpent ?

— Je ne sais pas, Jacquie, mais notre guide a l'air confiant.

— C'est déjà ça !

La caravane s'extirpa du marais et se dirigea jusqu'à l'ombre des arbres. Jacquie et moi, assez abattus, grattions nos piqûres tandis que nos deux Indiens se lançaient dans une longue conversation. Selon le guide, le serpent aurait dû se trouver à peu près à cet endroit, mais visiblement il avait dû s'éloigner. Il suggéra que nous attendions tandis qu'il allait reconnaître les lieux. Je lui offris une cigarette et il se replongea dans le marais où il pataugea, coiffé d'un nuage de moustiques. Je somnolai un moment puis fumai une cigarette ; un peu revigoré, j'allai faire le tour des buissons pour voir ce qu'ils recélaient. Soudain, Jacquie poussa un cri d'épouvante.

— Qu'y a-t-il ?

— Viens vite m'enlever ça.

— T'enlever quoi ? criai-je en enjambant les buissons.

Elle avait relevé une jambe de son pantalon. Une énorme sangsue gorgée de sang, de la taille d'une figue, était accrochée à sa peau.

— Bon sang ! m'exclamai-je, c'est une sangsue !

— Je sais que c'est une sangsue... et je te demande de me l'enlever.

— Ça ressemble à une sangsue de cheval, dis-je en l'examinant de plus près.

— Je me fiche de connaître son espèce... Débarrasse-moi de ça ! s'écria Jacquie, furieuse. Enlève-la, tu sais bien que je déteste ça.

J'allumai une cigarette et en approchai le bout incandescent du postérieur de la bestiole. Elle convulsa pendant quelques secondes, puis lâcha prise et tomba par terre où je l'écrasai avec mon pied. Elle éclata comme un ballon, répandant sur le sol une tache de sang écarlate. Jacquie frissonna.

— Vérifie que je n'en ai pas d'autres.

Je l'examinai soigneusement mais n'en trouvai aucune.

— Je me demande où tu as pu la ramasser. Aucun de nous n'en a.

— Je ne sais pas... elle était peut-être dans un arbre, dit-elle en levant la tête vers les branches au-dessus de nous comme si elle allait y apercevoir un troupeau de sangsues prêtes à nous sauter dessus.

Soudain, elle s'immobilisa :

— Gerry, regarde... là-haut, vite.

Levant les yeux, je m'aperçus qu'un autre habitant de l'île avait été témoin de toute la scène. Il y avait un trou à mi-hauteur du tronc d'arbre au pied duquel nous étions assis, et sur son fond noir se détachait une minuscule tête emplumée à peine plus grande qu'une demi-couronne, ornée de deux gros yeux dorés. Elle nous observa un instant dans un silence effaré avant de disparaître à l'intérieur de l'arbre.

— Qu'est-ce que c'est que ça ? dit Jacquie.

— Un de ces gentils hiboux pygmées. Va vite me chercher une machette, s'il te plaît. Sans trop faire de bruit...

Je fis le tour de l'arbre pour m'assurer qu'il n'y avait pas d'autre issue. Puis, prenant la machette des mains de Jacquie, je coupai rapidement une des jeunes branches et j'enlevai ma chemise.

— On peut savoir ce que tu fais ?

— Il faut qu'on bloque le trou le temps que je grimpe là-haut, expliquai-je à Jacquie en attachant au bout d'un bâton ma chemise roulée en boule.

Approchant de l'arbre avec précaution mon bouchon improvisé, je l'enfonçai brusquement dans l'ouverture.

— Tiens ça en place pendant que je grimpe, dis-je à Jacquie.

Je parvins à me percher sur une branche proche de l'endroit où se trouvait ma chemise. Je glissai ma main dessous prudemment, puis derrière dans le trou. Je vis avec soulagement que la cavité était peu profonde, et en en faisant le tour je finis par toucher des plumes. J'ouvris rapidement la main et m'emparai du petit corps ; il était si minuscule que je me demandai si je ne m'étais pas trompé d'oiseau ; mais quand un bec courbé se planta dans mon doigt, je sus que je tenais mon hibou. Je retirai la main de la cavité. Mon captif me fixait de ses yeux dorés et courroucés.

— Je l'ai ! criai-je triomphalement.

À ce moment précis, la branche sur laquelle j'étais perché craqua et je me retrouvai par terre, sur le dos heureusement, tenant en l'air mon butin qui n'eut pas à se plaindre de notre chute.

Jacquie m'aida à me relever et je lui montrai notre prise.

— C'est un bébé ? demanda-t-elle subjuguée.

— Non, c'est un pygmée.

— Tu veux dire qu'il a sa taille adulte ? demanda Jacquie incrédule, sans pouvoir détacher ses yeux de la petite boule en fureur, grosse comme un moineau, qui claquait du bec et battait des paupières avec la rage d'un lilliputien.

— Oui, il a sa taille définitive. C'est un des plus petits hiboux connus au monde. Allons lui trouver une boîte dans la charrette.

Nous le plaçâmes dans une cage munie d'un panneau grillagé. Soudain, il se dressa de toute sa hauteur – quatorze centimètres environ –, laissa échapper un faible sifflement, puis commença à mettre de l'ordre dans son plumage. Son dos était d'un beau brun chocolat, finement pointillé de gris, et son plastron beige strié de noir. Le conducteur du char à bœufs semblait tout aussi charmé de notre trouvaille et nous apprit que les gens du pays l'appelaient *quatre yeux*. J'étais perplexe jusqu'à ce que l'homme tapote sur le haut de la boîte. L'oiseau tourna la tête vers le bruit, et je vis, à la base du cou, deux taches grises circulaires qui se détachaient sur le brun des plumes et ressemblaient à des yeux.

Nous étions encore en train d'admirer notre hibou miniature quand le guide réapparut, dans un grand remous d'eau et de moustiques. Il avait l'air surexcité. Il avait repéré, à environ quatre cents mètres de là, le serpent qui se reposait sur l'entrelacs de plantes aquatiques près du rivage. Il faudrait le prendre par surprise car il n'était pas loin des arbres où il pourrait aisément se faufiler et, une fois dans les broussailles, il serait perdu pour nous. Nous approchâmes le plus possible et envoyâmes le char se garer à portée de vue, un peu sur la droite. Nous continuâmes à avancer péniblement sur nos chevaux. Près du bord, le marais était moins profond et la végétation moins dense, mais le fond était inégal et ils ne cessaient de trébucher. Si le serpent décidait de décamper, il faudrait renoncer à le poursuivre à cheval ; lancer un cheval au galop dans ce marais était suicidaire. J'allais devoir suivre le reptile à pied, et pour la première fois je me préoccupai de sa taille en me demandant s'il était aussi grand que l'avait décrit le guide.

Le serpent fut, malheureusement, le premier à nous repérer. Le guide poussa une exclamation et montra du doigt quelque chose devant nous. À cinquante mètres à peine, dans un trou d'eau claire entouré de deux plaques d'herbes, une ride en forme de V se hâtait vers la forêt. Je priai pour que le serpent ne soit pas trop gros et je jetai au guide les rênes de mon cheval. Puis je m'emparai d'un sac et me laissai glisser dans l'eau tiède. Courir dans l'eau lorsqu'elle vous monte jusqu'aux genoux est un sport épuisant dans n'importe quelles circonstances, mais il n'y a qu'un collectionneur pour avoir l'idée de le pratiquer par quarante degrés à l'ombre. Me débattant comme un diable, le visage ruisselant de sueur au point que les moustiques n'arrivaient pas à s'y poser, je suivis désespérément le reptile qui approchait de la terre ferme. J'étais à cinq mètres de lui quand il sortit de l'eau. Dans un dernier élan, je trébuchai et m'étalai dans l'eau, la tête la première. Le temps de me relever, l'anaconda s'était évaporé. Je proférai un chapelet de jurons et pénétrai dans les herbes hautes où il avait disparu, avec l'espoir de retrouver sa trace. J'avais à peine fait quelques mètres qu'une tête triangulaire à la bouche grande ouverte surgit d'un buisson et me fit bondir en arrière. Les anneaux luisants de son corps tacheté se confondaient si bien avec les ombres que je ne l'avais pas vu. Le poulet ayant sans doute un peu pesé dans sa fuite à travers le marais, il avait dû éprouver le besoin de faire une halte. Mis au pied du mur, il pouvait difficilement refuser la lutte.

Il y a peu de livres sur l'Amérique du Sud où l'auteur ne se trouve pas nez à nez avec un anaconda (dans certains livres, ces rencontres occupent même un chapitre sur deux). L'animal mesure en général entre vingt et trente mètres, bien qu'on n'ait jamais recensé un anaconda de plus de dix mètres. C'est toujours le monstre qui attaque et trois ou quatre pages sont consacrées à la lutte au cours de laquelle l'auteur parvient à abattre le reptile d'un coup de son fidèle revolver quand ce n'est pas la flèche d'un fidèle Indien qui le terrasse. À moi donc de raconter mon combat avec l'anaconda en espérant qu'on ne me prendra pas pour un affabulateur ou un homme de grande modestie.

Pour ce qui est de mon ennemi, je dois préciser que le cœur n'y était pas ; il n'avait pas grand-chose à faire de se livrer à une exhibition du combat à la vie à la mort. Il avançait lentement, la bouche ouverte, croyant sans doute m'effrayer et me faire fuir, afin de poursuivre en paix sa digestion interrompue. Ayant ainsi fait honneur à sa réputation de férocité et d'agressivité, il s'enroula sur lui-même au pied du buisson, en émettant un sifflement plaintif. Un bâton aurait été le bienvenu, mais le premier arbuste était trop loin. J'agitai mon sac devant lui dans l'espoir qu'il le morde et que ses dents restent coincées dans l'étoffe, méthode qui m'avait réussi à plusieurs reprises. Mais il plongea la tête sous ses anneaux et siffla un peu plus fort. Comprenant que je ne m'en tirerais pas sans quelqu'un pour distraire son attention, je fis un signe à mon guide, tapi avec les chevaux au milieu du marais. Peu désireux de s'approcher, il se contenta de m'adresser un petit salut de la main mais, voyant que je m'énervais, il éperonna son cheval et arriva en éclaboussant tout autour de lui. J'eus le temps seulement de voir disparaître dans les hautes herbes la queue de ce venimeux anaconda. Je n'avais pas le choix. Je fis un pas en avant, le saisis par la queue et le traînai à découvert.

L'anaconda aurait dû aussitôt me ligoter de son long corps musclé. Mais au lieu de cela, il se ramassa sur lui-même en sifflant furieusement. Je jetai le sac sur sa tête d'un geste rapide et l'attrapai par le cou. Le tour était joué. À part quelques contorsions de la queue et un faible sifflement, il ne fit plus de difficultés. Le plus compliqué fut en vérité de convaincre l'Indien, très peu enclin à m'aider, d'autant qu'on est moins à l'aise pour parlementer lorsqu'on tient un serpent à bout de bras. Je réussis enfin à l'assurer qu'il ne lui arriverait rien, et il consentit à tenir le sac ouvert pendant que je hissais le reptile et le mettais dedans.

— As-tu pu prendre quelques photos ? demandai-je à Jacquie en rejoignant le char.

— Je crois… mais j'ai dû filmer à travers un rideau de moustiques. Il t'a donné du fil à retordre ?

— Non. Il s'est mieux comporté que notre guide.

— Il est grand comment ? Il avait l'air énorme dans mon viseur – je me demandais si tu allais t'en sortir tout seul.

— Il n'est pas si gros que ça. D'une taille normale. Trois mètres, à peine.

Le char et les chevaux repartirent cahin-caha à travers le marais. Le soleil couchant rosissait les plantes aquatiques. Au-dessus de nos têtes, de grands vols de conures à cape noire traversaient le ciel et emplissaient l'air de leurs cris stridents ; ces cris que poussent les perroquets partout dans le monde, à l'heure de rejoindre leur abri pour la nuit. Volant en larges formations désordonnées, elles passaient juste au-dessus de nos têtes, puis s'éloignaient en criaillant, tandis que le soleil, noyé dans un voile jaune, plongeait derrière la masse des nuages. Fatigués, couverts de piqûres, le visage rouge et brûlé par le soleil, nous arrivâmes à la maison vers 8 heures du soir. Une douche et un bon dîner nous remirent d'aplomb. Notre hibou pygmée mangea quatre grenouilles bien grasses ; il avait bondi sur elles avec des cris de joie qui ressemblaient au chant d'un bébé cigale. L'anaconda, plongé dans une sorte de stupeur à laquelle la digestion n'était pas étrangère, se laissa mesurer sans la moindre difficulté. Il faisait exactement deux mètres quatre-vingts.

Sarah Huggersack

De tous les oiseaux de notre collection, les plus bruyants et les plus irrévérencieux après les perroquets – ces charmants amis stridents – étaient les deux geais acahés. Ces oiseaux rappellent, en plus petits, le geai anglais. La ressemblance, toutefois, s'arrête là, car le geai acahé a une longue queue noire et blanche, comme la pie, un dos sombre et velouté et un plastron jaune d'or. Le plus extraordinaire, ce sont les couleurs de sa tête. Les plumes partant du front sont noires, courtes et pelucheuses, et se dressent tels des cheveux en brosse. Sa nuque, d'une extrême douceur, forme une espèce de calvitie bleu pâle tandis que, au-dessus de ses yeux espiègles couleur de bronze, d'épais « sourcils » bleu pied-d'alouette donnent à cet oiseau un air perpétuellement étonné.

Nos geais étaient des épargnants invétérés. Leur devise devait être « on ne sait jamais de quoi demain sera fait ». Tout autre oiseau auquel on donnait plus de viande qu'il ne pouvait en avaler se contentait de l'éparpiller autour de sa cage. Eux ramassaient soigneusement les morceaux qu'ils ne mangeaient pas et les mettaient de côté dans leur bac à eau. Allez savoir pourquoi le bac à eau, mais rien ne pouvait modifier cette habitude. Je leur en ajoutai un deuxième pour qu'ils réservent leur viande dans l'un et boivent dans l'autre. Enchantés de disposer de deux bacs, ils se hâtèrent d'y répartir leurs restes. Ils stockaient également les cacahuètes dont ils raffolaient. La moindre fente, le moindre trou dans leur cage constituait une resserre idéale pour ces friandises ; mais les cacahuètes n'y entraient pas, alors ils les ramassaient une par une et bondissaient sur leur perchoir ; les tenant entre leurs pattes, ils parvenaient à les briser à coups de bec. Puis ils vérifiaient que les petits morceaux entrent et, s'ils étaient encore trop gros, les ramenaient à la dimension voulue. Pour les manger, l'opération était identique à la différence qu'ils laissaient mariner ces éclats de cacahuète dans un de leurs pots à eau pendant une dizaine de minutes afin de les ramollir et de les rendre plus digestes.

Le plus appréciable avec les geais était que leur caquetage ininterrompu se poursuivait en sourdine. C'est ainsi que, installés sur leurs perchoirs, l'un en face de l'autre, les sourcils dressés, ils bavardaient interminablement, mêlant les sons rauques aux sifflets et aux trilles dans une incroyable diversité d'expressions. Doués d'une étonnante faculté d'imitation, ils avaient, en l'espace de quelques jours, ajouté à leur répertoire l'aboiement des chiens du village, le cri de triomphe de la poule qui vient de pondre, celui du coq, même les hurlements de Pooh le bébé crabier et le bruit métallique du marteau de Julio César Centurión. Leur petit déjeuner était aussitôt suivi d'une séance de commérage et, à entendre la variété de sons provenant de leur cage, on avait du mal à croire qu'ils étaient seuls et non une trentaine d'espèces différentes. En très peu de temps, ils avaient appris à reproduire les bruits de tous leurs compagnons et n'en étaient pas peu fiers. Mais l'arrivée de Sarah Huggersack ajouta à la chorale du camp un son qu'ils furent bien incapables d'imiter.

Paula nous apporta un jour un plateau d'un pas inhabituellement pressé. Manquant tout juste de m'asperger de soupe brûlante, elle me pria de me rendre à la cuisine où un Indien avait apporté un *bicho* énorme et d'une férocité indescriptible. Non, elle ne savait pas de quel *bicho* il s'agissait – il était dans un sac et elle ne l'avait pas vu, mais il était en train de mettre ce sac en pièces et elle craignait pour sa vie. Je trouvai, accroupi devant la porte, un jeune garçon qui mâchonnait un brin de paille en surveillant le sac qui tournait sur lui-même et d'où s'échappaient des reniflements intermittents. Mon seul indice quant à son contenu, c'était l'incroyable griffe incurvée qui avait traversé le jute mais ça ne m'avançait pas beaucoup car elle semblait appartenir à un animal bien trop gros pour tenir dans ce sac. Le garçonnet me sourit et secoua ses longs cheveux plats, noirs comme la suie.

— *Buenos días, señor.*

— *Buenos días. Tiene un bicho?* demandai-je en montrant le sac.

— *Si, si, señor, un bicho muy lindo*, se hâta-t-il de répondre.

J'allais devoir ouvrir le sac pour en savoir plus, mais je préférais ne pas prendre de risque avec une griffe pareille.

— *Es bravo?* demandai-je.

— *No, no, señor*, dit-il en riant, *es manso – es chiquito – muy manso.*

J'étais bien placé pour savoir qu'un bébé animal n'était pas nécessairement inoffensif; malheureusement, mon espagnol ne me permettait pas d'expliquer au garçon que les plus affreuses cicatrices qui lacéraient mes mains provenaient de jeunes créatures apparemment incapables de faire du mal à un cancrelat. Tout en essayant de me remémorer où se trouvait la pommade à la pénicilline, j'attrapai le sac virevoltant et je l'ouvris. Il y eut une pause, puis apparurent entre les plis de la toile un museau recourbé au bout d'une longue tête en forme de stalactite ornée de deux oreilles pointues, et, enfouis dans une fourrure cendrée, deux petits yeux embués et grands comme des raisins de Corinthe gonflés. Il y eut une autre pause, puis la minuscule bouche pincée tout au bout du museau s'ouvrit, révélant une langue extraordinaire, qui pouvait bien avoir vingt centimètres de long. La langue disparut et la bouche s'ouvrit de nouveau pour laisser sortir un son indescriptible, quelque chose entre le grognement du chien et le beuglement du veau, avec une réminiscence de corne de brume enrouée. Un cri si sonore que

Jacquie accourut, ahurie. Entre-temps, la tête s'était retirée dans le sac, à l'exception du museau.

— Qu'est-ce que c'est que *ça*? demanda Jacquie, le sourcil froncé.

— Ça, dis-je gaiement, c'est l'extrémité du museau d'un bébé tamanoir.

— C'est lui qui a fait cet horrible bruit?

— Eh oui! Il me saluait à la façon des tamanoirs.

Jacquie poussa un soupir.

— Comme si nous n'étions pas déjà assez assourdis par les geais et les perroquets. Voilà que tu leur adjoins un basson.

— Il se calmera dès qu'il aura pris ses marques, dis-je pour la rassurer.

En réponse à quoi, la créature sortit la tête du sac et nous gratifia d'un autre solo de basson.

J'ouvris encore un peu le sac pour mieux le voir et je fus ahuri tant la taille de son occupant était disproportionnée par rapport à sa puissance vocale; depuis la pointe du museau jusqu'à l'extrémité de la queue, il ne dépassait pas quatre-vingts centimètres.

— Il est minuscule, dis-je, il ne doit pas avoir plus d'une semaine.

Jacquie s'approcha pour regarder à son tour et resta pâmée d'admiration.

— Elle est adorable! s'exclama-t-elle, décidant que nous avions là une femelle. Pauvre chou... Occupe-toi de payer l'Indien, je l'emporte à l'intérieur.

Elle ramassa le sac et le porta dans la maison tandis que je discutais avec le jeune garçon.

Puis je rentrai à mon tour et entrepris de sortir notre animal de sa prison; mais les griffes qui s'accrochaient à la toile ne facilitaient pas la besogne et, sans l'aide de Jacquie, je ne crois pas que j'en serais venu à bout. C'était mon premier bébé tamanoir, et ce fut un ravissement de découvrir qu'il était la réplique parfaite de l'adulte, à cette différence près qu'il avait le poil ras, et sur le dos une arête de poils durs à la place de leur longue crinière. Sa queue non plus ne laissait pas deviner le riche panache qu'elle allait devenir, elle n'était qu'une pale de pagaie couverte de poils. Je fus navré de voir que la griffe médiane de sa patte gauche avait été arrachée et ne tenait plus que par un fil. Nous dûmes l'enlever et désinfecter le doigt. Ces soins ne parurent pas déranger la petite bête; gentiment installée sur mes genoux, elle s'amusait à agripper la jambe de mon pantalon avec la griffe de son autre patte. J'étais convaincu que cette griffe médiane ne repousserait pas, ce en quoi je me trompais.

Que ce soit dans le sac ou sur mes genoux, elle semblait étonnamment confiante et presque audacieuse; mais à peine reposée sur le sol, elle se mit à tourner en rond, d'une démarche mal assurée, en beuglant sauvagement jusqu'au moment où elle rencontra la jambe de Jacquie et s'y accrocha tout heureuse avec l'intention d'y grimper. Mais de nouveau ses griffes se prirent dans l'étoffe du pantalon et ce ne fut pas une mince affaire que de l'en détacher. Collée à mon bras comme une sangsue, elle profita d'un moment d'inattention pour l'escalader à toute vitesse et s'installer autour de mon cou comme une étole de renard, son museau d'un côté de ma figure, sa queue de l'autre et ses robustes griffes plantées dans mon dos pour ne pas glisser. À chacune de nos tentatives pour la déloger de ce perchoir, elle poussait des grondements indignés et s'agrippait encore plus fortement. J'y renonçai et nous retournâmes terminer notre déjeuner. Elle sommeillait par intermittence pendant que je mangeais ma soupe tiède en évitant les gestes brusques de peur que, réveillée en sursaut, elle n'enfonce un peu plus ses griffes dans mon cou. Paula ne nous aidait pas en refusant d'entrer dans la pièce, mais une des griffes étant à un centimètre de ma veine jugulaire, je n'étais pas en état de discuter. Le repas achevé, nous reprîmes calmement l'opération consistant à détacher le tamanoir de ma personne, mais sans succès. Dès que Jacquie avait réussi à décrocher une patte, les griffes de l'autre regagnaient le terrain perdu. Soudain, une idée me vint et je dis à Jacquie :

— Chérie, va remplir un sac d'herbe que tu lui présenteras quand tu auras détaché une patte.

Ce stratagème fonctionna à merveille. L'animal s'y accrocha avec délice et nous posâmes les deux sur le sol.

— Comment allons-nous l'appeler ? demanda Jacquie en pansant mes plaies.

— Que dirais-tu de Sarah ? Je ne sais pas pourquoi, elle a une tête à s'appeler Sarah. J'ai trouvé : Sarah Huggersack[1] !

1. Littéralement, « Sarah attrape-sac ».

Ainsi Sarah, personnalité charmante – une des plus attachantes que j'aie jamais rencontrées –, entra dans notre vie. Sarah n'était pas mon premier tamanoir ; j'en avais déjà capturé au cours d'un voyage en Guyane britannique, mais je dois avouer que ces animaux ne m'avaient pas frappé par leur intelligence. Sarah me fit réviser ce jugement.

Pour commencer, et contrairement aux tamanoirs adultes qui n'émettent jamais plus qu'un sifflement, elle était très expansive et n'hésitait jamais à bramer quand les choses n'allaient pas comme elle voulait. Si sa nourriture tardait à venir ou si vous refusiez de la cajoler quand elle en exprimait le besoin, elle vous avait à l'usure grâce à la puissance de sa voix. J'aurais été incapable de résister à l'envie de l'acheter, mais j'avais quelques scrupules à m'être laissé tenter car les tamanoirs ont un régime très particulier à l'état sauvage, ce qui fait que même adultes ils sont difficiles à élever en captivité. Nourrir un animal d'une semaine au biberon constituait par conséquent un véritable défi. La première difficulté fut de lui trouver une tétine, les nôtres étant trop grosses pour sa minuscule bouche. Paula mit le village entier à contribution et finit par en trouver une en piteux état. Elle n'était guère plus petite que les nôtres mais le caoutchouc s'était assoupli avec l'usage et Sarah l'adopta sur-le-champ. Elle y était tellement attachée que lorsque nous fûmes en mesure de lui en présenter de nouvelles elle les refusa obstinément. De rose, elle était devenue blanche à force d'être sucée avec tant d'ardeur et si ramollie qu'elle ne tenait plus sur le biberon ; quant au trou, ce n'était plus un filet mais un torrent de lait qu'il laissait passer dans la gorge de Sarah.

C'était une aubaine de l'avoir eue si jeune et de la voir progresser de jour en jour. J'appris ainsi beaucoup sur son espèce. Sur l'utilisation de leurs griffes, notamment. Les pattes antérieures du tamanoir sont faites de sorte que l'animal marche sur ses jointures, les deux longues griffes recourbées vers l'intérieur. Ces griffes servent bien entendu à éventrer les fourmilières pour se nourrir, quoique j'aie aussi vu des adultes s'en servir comme peigne. Sarah, au début de sa vie, ne les utilisait que pour s'agripper, car la femelle tamanoir porte ses petits perchés sur son dos. Le fait de pouvoir replier ses griffes à la manière d'un canif donnant à l'adulte une force considérable, je n'étais pas étonné que Sarah, une fois agrippée à quelque chose, soit indélogeable et resserre d'instinct son étreinte au moindre mouvement. Cela me remplissait de compassion pour les femelles tamanoirs.

Sarah utilisait ses griffes quand on la nourrissait. L'une lui servait à se tenir à l'un de nos doigts ; l'autre restait en l'air comme pour nous saluer pendant qu'elle tétait. Toutes les quinze secondes environ, elle abaissait cette deuxième griffe pour presser la tétine. Je craignais qu'elle ne la perce, mais rien ne put la guérir de cette manie. La femelle tamanoir, en plus de supporter les crochets de ses petits sur son dos, devait souffrir le martyre à l'heure des repas. Je fis un jour une expérience qui donne la mesure de la force des griffes de

Sarah : je plaçai une boîte d'allumettes dans la paume de sa patte antérieure. Lorsqu'elle referma la patte – sans même insister –, l'une de ses griffes transperça la boîte. Elle y mit alors un peu plus d'énergie et la boîte fut complètement aplatie. Je précise que je l'avais placée sur la tranche, et non pas à l'horizontale, pour qu'elle offre plus de résistance.

La première semaine de captivité d'un bébé animal sauvage est toujours la plus angoissante, car il a beau boire abondamment, il n'y a pas moyen de savoir si le lait qu'on lui donne lui convient. On porte une attention presque obsessionnelle à ses excréments, vérifiant que leur consistance ne soit ni trop dure ni trop molle. Diarrhée et constipation indiquent un régime trop riche ou au contraire trop pauvre en nutriments, et il faut alors adapter les repas. Sarah, au cours de sa première semaine, faillit nous faire perdre la raison. Ses excréments étaient minuscules et avaient la consistance du mastic et, plus préoccupant encore, elle ne faisait ses besoins qu'une fois tous les deux jours. Croyant d'abord que le lait n'était pas assez riche, j'en augmentai la teneur en vitamines ; cela ne fit aucune différence. Je tentai alors de la nourrir plusieurs fois par jour, mais cette mesure ne changea rien non plus. Sa constipation pouvait résulter d'un manque d'exercice physique (elle n'en aurait pas eu davantage sur le dos de sa mère, mais elle se serait quand même déplacée) ; Jacquie et moi entreprîmes donc de marcher chaque jour de long en large pendant une demi-heure, à pas lents, suivis de Sarah qui trompettait de façon indignée et essayait de grimper sur nos jambes. La marche n'eut aucun effet et elle l'appréciait si peu que nous décidâmes de tout arrêter. Ravie, elle passait ses journées couchée dans sa cage à jouer avec un sac rempli de paille et à somnoler avec un ventre de plus en plus énorme. Puis l'événement attendu se produisait, et pendant quelques heures elle retrouvait sa ligne. Ce problème n'ayant pas l'air de la faire souffrir, je cessai de m'en préoccuper. Il devait être commun aux bébés tamanoirs, car ses fonctions devinrent normales dès qu'elle fut un peu plus âgée et qu'elle n'eut plus besoin de son sac pour s'endormir.

Le plus grand plaisir de Sarah était de recevoir et de donner des câlins. Si je la prenais contre moi, en la soutenant avec un bras, elle se détendait et ne s'agrippait plus avec la même force ; mais là où elle était le mieux, c'était perchée sur mes épaules. Quel que soit son point de départ, elle avançait de quelques centimètres à la fois, espérant que je ne m'en apercevrais pas, jusqu'à ce qu'elle soit couchée autour de mon cou. Au début, elle détestait qu'on la pose par terre et braillait comme un enfant perdu ; son cœur battait à tout rompre quand on la ramassait et elle se cramponnait à nous comme une désespérée. Elle n'acceptait de se retrouver par terre qu'à condition de pouvoir s'accrocher à quelque chose, au moins à notre pied, car elle avait besoin de nous sentir tout près.

Lorsqu'elle atteignit un mois, elle ne paniqua plus de la même façon, mais elle continua d'avoir besoin de la présence toute proche de Jacquie ou de moi. Elle avait une mauvaise vue, comme tous les tamanoirs, et elle ne nous voyait plus dès qu'on s'éloignait d'un mètre cinquante ; elle ne nous identifiait alors que par l'odeur ou la voix. Si on restait immobile et silencieux, elle tournait comme une toupie, le museau en l'air, tentant de nous retrouver.

Elle devenait moins peureuse à mesure qu'elle grandissait. Fini le temps où on la retirait de sa cage pour l'alimenter, allongée sur son sac tel un empereur romain. À peine la porte ouverte, elle se précipitait ; l'excitation lui coupait le souffle et elle se jetait sur son biberon, comme si elle n'avait rien mangé depuis des semaines. C'était le soir après avoir bu sa pinte réglementaire qu'elle était le plus en forme. Le ventre plein et saillant comme un ballon poilu, elle attendait qu'on tire gentiment sur sa queue pour démarrer un de ces matchs de boxe qu'elle adorait. Elle vous fixait d'abord par-dessus l'épaule en plissant les yeux, et élevait lentement une patte avant au-dessus de sa tête ; puis, dans un mouvement incroyablement rapide, elle pivotait et essayait de vous donner une taloche. Si vous faisiez mine de l'ignorer, sa tactique consistait à passer devant vous à plusieurs reprises, d'un air préoccupé, en vous frôlant innocemment de sa queue. Si vous l'attrapiez, elle modifiait son jeu ; pivotant debout sur ses pattes arrière, les bras au-dessus de la tête, en position de plongeon, elle tombait en avant dans l'espoir que vous mettiez la main dessous pour la recevoir. Le jeu se prolongeait un certain temps jusqu'au moment où, ayant dépensé son trop-plein d'énergie, elle passait à un autre genre d'exercice. Il s'agissait de la coucher sur le dos en lui chatouillant les côtes tandis que, l'air extasié, elle promenait ses longues griffes sur son ventre. Quand nous en avions assez, nous la proclamions vainqueur, en la soulevant par les aisselles. Elle levait alors ses bras, griffes croisées dans la pose classique du champion. Ces soirées devinrent pour elle une telle source de plaisir que si, pour une raison quelconque, nous devions les annuler, Sarah nous boudait toute la journée suivante.

Cai, Foxey et Pooh étaient un peu jaloux de nous voir lui consacrer autant de temps. Un jour qu'elle rôdait dans le camp, elle s'aventura vers le coin où Pooh était attaché. Cai et Foxey, la voyant avancer de sa démarche maladroite, semblaient prévoir la frayeur qui l'attendait. Pooh, solidement installé sur son arrière-train comme un Bouddha, promenait sa patte rose sur son ventre et regardait Sarah approcher d'un œil pensif. Il attendit sournoisement qu'elle soit à sa hauteur et se pencha en avant pour attraper sa queue et la mordre. Si Sarah avait toujours l'air un peu lente et stupide, nos petits jeux du soir m'avaient appris qu'elle pouvait se montrer très réactive quand elle le voulait. Prenant appui sur ses pattes arrière, elle se retourna en un éclair et lui assena un coup terrible sur la tête. Ahuri, Pooh émit un grognement de surprise et se retira dans sa caisse. Mais Sarah, déchaînée, ne comptait pas en rester là ; le poil dressé, elle tournait sur elle-même et cherchait, le museau en l'air, où Pooh avait bien pu disparaître. Ayant repéré la caisse, elle la passa à tabac tandis que Pooh se faisait tout petit à l'intérieur. Foxey, la voyant arriver, se réfugia dans un buisson pendant que Cai, perchée sur son piquet, affectait un air indifférent et se parlait à elle-même. Sarah, loin d'être calmée, aperçut le piquet et décida de lui donner une leçon à lui aussi. Elle s'y accrocha et le frappa à plusieurs reprises. Le piquet se mit à tanguer tandis que Cai s'y agrippait de toutes ses forces en appelant à l'aide. Une fois le piquet presque couché, et Cai au bord de l'hystérie, Sarah s'estima satisfaite et reprit sa promenade, en quête d'un câlin. Quant aux trois compères, ils n'étaient pas près de la provoquer de sitôt.

Les oiseaux non plus ne la portaient pas dans leur cœur. Peut-être parce que son long museau effilé leur faisait penser à un serpent. J'arrivai à cette conclusion le jour où, entendant un terrible remue-ménage dans le secteur des oiseaux, j'étais allé voir ce qui se passait. Sarah avait réussi à s'échapper et avait introduit son museau à travers le grillage de la cage des cariamas qui, loin de comprendre qu'il s'agissait d'une visite amicale, s'agitaient en poussant des cris perçants. Je l'appelai. Dès qu'elle m'entendit, Sarah cessa de s'intéresser à ses nouveaux amis et accourut de sa démarche pataude ; elle grimpa le long de ma jambe jusqu'à ma taille où elle se blottit avec un soupir de bonheur.

Les premières pluies d'hiver commencèrent quelques semaines après l'arrivée de Sarah. Il était temps de commencer à s'inquiéter du millier de kilomètres à parcourir pour rentrer à Buenos Aires et reprendre le bateau. Il restait une mission de taille à accomplir : le tournage de notre film. J'avais attendu le dernier moment, afin de réunir la plus belle brochette de stars possible. Les trois dernières semaines de notre séjour au Chaco devaient donc être consacrées à ce travail. Ensuite, nous gagnerions Asunción en descendant la rivière. C'est ce qui était prévu, jusqu'à ce que le couperet tombe.

Paula débarqua un matin dans notre chambre si excitée et s'exprimant d'une manière si incohérente qu'il me fallut quelques minutes pour comprendre ce qui lui arrivait. Quand j'y parvins enfin, j'éclatai de rire.

Jacquie, les yeux mi-ouverts, me demanda ce qui m'amusait.

— Paula dit qu'il y a la révolution à Asunción, répondis-je en riant.

— Sans blague ? dit Jacquie du même ton amusé. Le Paraguay est décidément à la hauteur de sa réputation.

— Ce qui m'étonne, à la vitesse où ils se succèdent, c'est qu'on sache encore quel gouvernement est en place, ajoutai-je du ton jovial et inconscient de celui qui appartient à un pays où ce genre d'événement ne se produit jamais.

— J'imagine que c'est sans conséquence pour nous. N'est-ce pas ? s'enquit Jacquie d'un air songeur en buvant son thé.

— Évidemment ! Dans quelques heures tout sera terminé… Dans ce pays, les révolutions remplacent les matchs de football… C'est le sport national… Je vais descendre à la station de radio pour tâcher d'en savoir plus.

Puerto Casado s'enorgueillissait de posséder une minuscule station qui la reliait à la capitale. On l'utilisait entre autres pour transmettre nos listes de courses et elles arrivaient d'Asunción par le bateau suivant.

— J'irai après le petit déjeuner, dis-je, mais je parie que tout sera déjà rentré dans l'ordre.

Si seulement j'avais vu juste.

Serpent à sonnette et révolution

Quand j'arrivai à la station après le petit déjeuner, je demandai à l'opérateur qui avait marqué le but décisif dans cette révolution. L'œil enflammé, gesticulant, il me fit part des dernières nouvelles et m'ôta l'envie de plaisanter. Des combats de rue avaient éclaté dans tout Asunción. Ils étaient concentrés autour du quartier général de la police et du collège militaire, où les forces gouvernementales étaient assiégées par les rebelles. Chose plus grave, ces derniers contrôlaient l'aéroport et avaient cloué les avions au sol en les sabotant. Mais pour nous la pire nouvelle était que les rebelles avaient la mainmise sur le trafic fluvial, si bien qu'aucun bateau à vapeur ne circulerait tant que durerait la révolution. Cette dernière précision m'ébranla car il n'y avait que la rivière pour sortir notre collection du pays et l'acheminer vers Buenos Aires. L'opérateur me porta le coup final en m'annonçant qu'il n'arrivait plus à joindre Asunción : soit son correspondant se calfeutrait, soit il avait été tué.

Je regagnai notre petite maison d'humeur beaucoup plus sombre et fis part de ces nouvelles à Jacquie. Nous étions impuissants face à une telle situation. Faisant abstraction du reste, nos passeports et notre argent se trouvaient à Asunción, et sans eux nous ne pouvions rien faire. Assis devant une tasse de thé, nous passâmes en revue nos options tandis que Paula tournait autour de nous, pleine de compassion, intervenant parfois pour glisser une remarque qui, partant d'un bon sentiment, achevait de nous déprimer. Cédant un instant à l'optimisme, je suggérai que le gouvernement ou les rebelles auraient gain de cause d'ici à quelques jours, et que les choses se décanteraient. Paula répliqua fièrement que le Paraguay n'avait jamais connu de révolution aussi brève et que la dernière avait duré six mois. Il se pouvait que nous soyons contraints de passer six mois dans le Chaco, ajouta-t-elle aimablement, ce qui serait une occasion inespérée d'accroître notre collection. Je fis mine de ne pas l'entendre et persistai à dire que tout rentrerait dans l'ordre à condition que les combats ne s'éternisent pas. Nous pourrions alors prendre un bateau à vapeur pour Buenos Aires. Paula interrompit mes divagations en déclarant que cela lui paraissait très improbable. Lors de la dernière révolution, et pour des raisons connues d'eux seuls, les rebelles avaient envoyé par le fond tous les bateaux assurant le service régulier sur la rivière, désorganisant ainsi leurs propres forces en plus de celles du gouvernement.

Gagné par son pessimisme et envisageant le pire, je déclarai qu'il restait la possibilité de passer la rivière pour arriver au Brésil et de gagner la côte en traversant le pays. Cette idée fut aussitôt écartée par Jacquie et Paula. Jacquie objecta qu'elle ne nous voyait pas nous lancer dans un voyage à travers le Brésil sans passeports ni argent, tandis que Paula nous apprit qu'à la précédente révolution, le Brésil avait placé des gardes le long des rives afin de repousser les rebelles qui tentaient d'échapper à la justice. Si nous essayions de traverser la rivière, ajouta-t-elle d'un ton sinistre, les Brésiliens pourraient nous prendre pour des chefs révolutionnaires en fuite. Je ripostai qu'un meneur de révolution fuyait rarement avec sa femme, un bébé tamanoir, plusieurs douzaines d'espèces d'oiseaux, de serpents et de mammifères, sans parler de tout un équipement de magnétophones et de caméras ; mais Paula, jamais à court d'arguments, déclara que la majorité des Brésiliens n'étaient pas *simpáticos* et que les gardes ne s'embarrassaient pas de ce genre de détails.

Après ces échanges un peu vifs, nous demeurâmes un moment en silence. Puis Jacquie eut une idée de génie. Il y avait un Américain, un grand type dégingandé et laconique, un sosie de Gary Cooper, qui possédait un ranch à quelque cinquante kilomètres en amont sur la rivière. Il nous avait rendu visite et avait insisté pour qu'on l'appelle par radio, si un jour nous nous retrouvions en difficulté. Il habitait le Paraguay depuis plusieurs années et serait sûrement de bon conseil. Je me précipitai une fois de plus à la station, et persuadai l'opérateur de me mettre en liaison avec le ranch de l'Américain.

Une voix douce et traînante, un peu déformée par le grésillement des parasites, me parvint du haut-parleur. Je lui expliquai sans détour pourquoi je le dérangeais et lui demandai conseil. Sa réponse fut simple et directe : quittez le pays dès que vous pouvez.

— Mais comment ? m'écriai-je. Il n'y a plus de bateau pour emmener mes animaux.

— Mon ami, vous allez devoir les laisser sur place.

— Et à supposer que je les laisse, dis-je, le cœur gros, comment partirons-nous d'ici ?

— J'ai un avion… un quatre places ; je vous l'enverrai à la première opportunité et vous pourrez décamper. Il y a toujours des accalmies dans ces révolutions… on parlemente… je ne serais pas étonné qu'il y en ait une bientôt. Tenez-vous prêts à partir ; j'essayerai de vous avertir, mais ça ne sera peut-être pas possible.

— Merci… merci beaucoup, répondis-je, mon cerveau fonctionnant à cent à l'heure.

— De rien… et bon voyage, dit la voix avant de disparaître dans un crachotis.

Hébété, je remerciai l'opérateur et regagnai la maison, abattu comme je l'avais rarement été. Avoir peiné pendant tant de mois pour réunir une collection si variée, et s'entendre dire qu'il fallait l'abandonner sous prétexte qu'un illustre inconnu voulait prendre le Paraguay de force, ce n'était pas le genre de chose qui vous met en joie. Jacquie, à qui je transmis ces informations, partageait mon écœurement et nous passâmes une demi-heure à fulminer contre les meneurs de révolution, s'en prenant aussi bien à leur généalogie qu'à leurs tares et à leurs extravagances – une perte de temps, qui ne nous avançait à rien, mais qui nous fit du bien.

— Bon, dit Jacquie quand nous fûmes à court d'adjectifs, lesquels allons-nous laisser partir…

— Tous, selon lui, répliquai-je.

— Impossible, protesta Jacquie. On ne peut pas *tous* les remettre en liberté. Certains ne résisteraient pas deux minutes. Il faudra en emmener quelques-uns, quitte à renoncer à nos effets personnels.

— Réfléchis, Jacquie… c'est un très petit avion, même en voyageant à poil on ne pourra pas en prendre plus de deux ou trois.

— Ce sera toujours mieux que rien.

— Comme tu voudras, dis-je en soupirant. Mais on en revient toujours à cette question : lesquels ?

Le choix était douloureux.

— On ne peut pas laisser Sarah, finit par dire Jacquie. Ce n'est qu'un bébé, elle serait incapable de survivre.

— Je suis d'accord… il faut l'emmener. L'ennui, c'est qu'elle est lourde.

— Puis il y a Cai, poursuivit Jacquie, prenant à cœur son rôle de sauveteuse, et Pooh, pauvre petit Pooh. Ces deux-là sont si apprivoisés qu'ils se précipiteront vers le premier venu et se feront massacrer.

— Il faut que je ramène deux tatous « oranges ». Ils sont tellement rares, dis-je en commençant à reprendre espoir. Et les crapauds cornus et les petits noirs…

— Et qu'est-ce qu'on fait des coucous et des geais ? Eux aussi sont trop apprivoisés pour qu'on les relâche…

— Attends, Jacquie, dis-je, en retrouvant soudain le sens des réalités... Si on continue comme ça, c'est toute la collection qu'on emmène et il n'y aura plus de place pour nous dans l'avion...

— Mais ce petit échantillonnage ne pèsera pas lourd, répliqua Jacquie, cherchant à me convaincre. Tu pourrais construire des cages plus légères pour le voyage ? Tu ne crois pas ?

— Oui, je pourrais en fabriquer tout en grillage.

La pensée de ramener avec nous quelques spécimens nous ayant mis un peu de baume au cœur, nous nous attelâmes aux préparatifs. Jacquie commença à préparer nos bagages, répartissant nos affaires en deux catégories : celles que nous devions emporter à tout prix – magnétophones, films... – et celles que nous pouvions abandonner – vêtements, serviettes, filets, pièges, etc. Pendant ce temps, armé de cisailles, d'un rouleau de fil métallique et de grillage très fin, je m'attaquai à la construction de cages légères, assez robustes cependant pour arriver jusqu'à Buenos Aires. Ce n'était pas une tâche facile car il fallait galber le grillage puis le « coudre » avec du fil métallique, en prenant soin de replier toutes les pointes qui dépassaient. Au bout de deux heures j'avais confectionné une cage suffisamment grande pour Sarah et j'avais les mains en sang. La tasse de thé que m'apporta Jacquie fut la bienvenue.

— Tu t'en tires ? demanda-t-elle.

— Oui, dis-je en contemplant mes doigts ensanglantés. J'ai l'impression d'avoir été condamné aux travaux forcés à Dartmoor. Mais filer de l'étoupe devait être un jeu d'enfant à côté de ça.

Je continuai à me lacérer les mains. Dès qu'une cage était terminée, Jacquie l'habillait extérieurement d'une toile à sac qu'elle cousait avec une grosse aiguille à repriser. À 10 heures du soir, nous avions de quoi loger tous nos protégés. Les cages étaient légères, chaudes grâce à l'habillage et assez résistantes pour supporter le voyage; bien sûr, les animaux n'y seraient pas très à l'aise, mais c'était une question de vingt-quatre heures. La plus lourde était celle de Pooh car connaissant son habileté à s'échapper, j'avais dû utiliser du bois. Fatigués et déprimés, nous ne fûmes pas longs à nous mettre au lit.

— Je commencerai à libérer les animaux dès demain, dis-je en éteignant la lumière, et je sus en le disant que ce serait la plus pénible de toutes mes tâches.

Le lendemain, je trouvai tous les prétextes pour remettre cette besogne le plus tard possible, puis finis par m'y résoudre. Le butor fut le premier à être relâché; son aile avait retrouvé toute sa force et je savais que son mauvais caractère l'aiderait à se défendre. Je le sortis de sa cage, sans écouter ses protestations, et l'emportai au bord du petit étang. Là, je l'installai sur une branche d'où il pourrait prendre son envol. Il resta là à tituber et à pousser de grands cris de surprise. Puis ce fut le tour de Dracula, l'ibis à face nue. Il gazouillait gaiement tandis que je le portais, mais quand je le déposai dans les hautes herbes et qu'il me vit m'éloigner, il me courut après en hurlant de panique. Je le ramenai au bord de l'étang et me sauvai malgré ses appels à l'aide.

Perroquets et perruches ne furent pas faciles à persuader. Ils refusaient de quitter leur cage ; quand je parvins enfin à les en faire sortir, ils allèrent se percher dans un arbre voisin dont ils n'avaient pas l'intention de bouger, et lancèrent des cris aigus. Soudain, derrière moi, un trille triomphant me fit me retourner juste à temps pour assister à l'arrivée de Dracula, enchanté d'avoir retrouvé son chemin. Je venais de le conduire une fois de plus à l'étang quand je vis approcher le butor, volant d'arbre en arbre d'un air déterminé à regagner le camp. Je recommençai l'opération avec lui puis revins m'occuper des ibis à tête noire et des cariamas. Dans mon désarroi, je commis l'erreur de lâcher en même temps les deux espèces de cariamas, et me retrouvai en un rien de temps au milieu d'un maelström de plumes et de cris indignés tandis que chaque espèce essayait de prouver sa supériorité à l'autre. Je réussis à les séparer avec un balai et les chassai dans des directions opposées. Épuisé, le cœur plein de tristesse, et légèrement peiné par le manque de coopération de nos pensionnaires, je m'aperçus alors que les perroquets en avaient profité pour descendre de leur arbre et s'installer en rang sur leurs cages, l'œil pensif, attendant visiblement que je leur ouvre la porte.

Je décidai de les ignorer et j'entrepris de lâcher les mammifères et les reptiles. Je fis rouler tous les tatous dans les buissons à l'exception du couple que nous allions garder. Quant aux autres, je les disposai en cercle autour du camp, le nez vers le large, en espérant qu'ils s'en sortent. Les reptiles, Dieu merci, ne me donnèrent aucune peine ; ils ne manifestèrent nulle intention de rester et s'éclipsèrent rapidement en direction du marais. Assez satisfait de ma matinée de travail (du point de vue des animaux, j'entends), je rentrai déjeuner.

Inutile de dire que le repas ne fut pas gai. Nous l'expédiâmes et retournâmes au camp finir nos préparatifs. La scène qui nous attendait là eût été très drôle si elle n'avait pas été aussi décourageante.

Dans un coin du camp, Dracula, le butor et l'ibis à face noire se chamaillaient autour d'un morceau de lard écarté par Pooh. Les tatous à trois bandes fourrageaient dans la pile d'écuelles sales, telle une troupe de boulets de canon articulés. Les cariamas patrouillaient autour des cages vides et Flap-Arse allait et venait comme un instituteur dont la classe aurait fait l'école buissonnière. Stoïques, les perroquets et les perruches m'attendaient toujours, perchés sur le toit de leurs cages. Seuls deux d'entre eux avaient perdu patience et pris les choses en main : ils avaient réussi à découper le grillage et à y pénétrer. Installés sur leur perchoir, ils nous regardaient d'un air affamé en poussant ces grognements rauques et entrecoupés dont usent certains perroquets d'Amazonie pour exprimer leur fureur. Nous nous posâmes sur une caisse, Jacquie et moi, en proie à l'impuissance.

— Comment faire ? finit-elle par demander.

— Je n'en ai pas la moindre idée. Si on les laisse errer dans le coin, je ne donne pas cher de leur vie une fois qu'on aura le dos tourné.

— Tu as essayé de les chasser ?

— J'ai tout essayé à part des coups sur la tête. C'est simple, ils ne veulent pas partir.

Dracula avait abandonné la bataille et laissé le butor et l'ibis se disputer le morceau de gras. Il s'efforçait de regagner sa cage en essayant de passer à travers le grillage là où un colibri se serait glissé difficilement.

— Quel dommage que certaines personnes ne soient pas témoins de ça, dis-je attristé.

— De qui veux-tu parler ?

— De tous les sentimentaux qui trouvent cruel de mettre les animaux sauvages en cage. J'aimerais qu'ils voient la joie qu'ils ont à nous quitter quand l'occasion leur est donnée d'aller retrouver leur brousse.

Un des cariamas s'avança pour picorer mon lacet, qu'il avait dû prendre pour un grand ver de terre. Dracula, ayant enfin renoncé à pénétrer dans sa cage, s'était faufilé entre les barreaux de celle de l'ibis, d'où il nous observait de ses yeux embués, pépiant avec enthousiasme.

De plus en plus déprimé, je finis par dire :

— Si nous les ignorons, la faim finira peut-être par les pousser à aller chercher leur nourriture ailleurs… et le problème sera résolu. Avec un peu de chance, ils auront disparu demain.

Le reste de la journée fut un cauchemar. C'était affreux de nourrir ceux que nous avions décidé de garder en restant sourds à tous les autres qui, chacun à sa manière, réclamaient à manger et se précipitaient dans nos jambes, ou restaient alignés sur le plan de travail en nous regardant pleins d'espoir. Il fallait fermer son cœur pour ne pas les nourrir. Ce n'était possible qu'en nous répétant que la faim les renverrait bientôt dans la nature.

Mais le lendemain matin ils étaient encore là, à attendre, un peu plus grincheux et plus abattus que la veille. Ils nous accueillirent toutefois avec une telle joie que nous faillîmes céder. Mais nous tînmes bon, continuant à faire semblant de ne pas les voir tout en veillant à ne pas leur marcher dessus car ils étaient continuellement dans nos pattes. C'est à ce moment-là qu'un jeune Indien arriva au camp, portant une vieille caisse en bois. Il la posa respectueusement à terre, recula et trébucha sur un cariama qui passait par là ; reprenant ses esprits, il enleva son chapeau.

— *Buenos días, señor*, j'ai un joli *bicho* pour vous.

— Seigneur ! s'exclama Jacquie, il ne manquait plus que ça !

— C'est trop tard, mon garçon, lui dis-je tristement. Je ne veux plus de *bichos*.

L'Indien fronça le sourcil.

— Mais, señor, vous avez dit que vous achèteriez beaucoup de *bichos*.

— Je sais bien… mais c'était avant la révolution. Maintenant je ne peux plus en acheter, car il n'y a plus de bateau pour les emmener. Tu vois bien, dis-je en montrant notre faune qui errait à travers le camp, j'ai dû laisser partir tous mes *bichos*.

Il regarda autour de lui, atterré.

— Mais ils ne sont pas partis, répondit-il.

— Oui, mais ils partiront. Je regrette, mon garçon, mais je ne peux plus en acheter.

L'Indien ne me quittait pas des yeux, sachant que je mourais d'envie de savoir ce qu'il avait dans sa caisse.

— C'est un bon *bicho*, dit-il enfin d'une voix suave, *un bicho... muy bravo, muy venenoso...* j'ai eu beaucoup de peine à l'attraper, señor.

— De quel *bicho* s'agit-il ? demandai-je, sentant faiblir ma résistance.

Il se ranima.

— Un *bicho* très rare, señor... et *muy, muy venenoso*, dit-il le regard brillant, un *cascabel*, señor, et tellement grand... et quand il se fâche il fait autant de bruit qu'un millier de chevaux.

Sans prendre de risque, je donnai une tape sur la boîte avec la pointe de ma chaussure et aussitôt s'éleva ce son étrange par lequel le serpent à sonnette annonce sa présence et ses intentions. De tous les bruits produits par les reptiles, c'est certainement le plus extraordinaire parce qu'il commence par un murmure avant de devenir un crépitement de fusil d'enfant. Il me semble que c'est cette vibration qui le rend plus effrayant que les autres sifflements, car on l'associe à quelque chose de maléfique, un peu comme le bouillonnement d'une marmite de sorcière.

— Je regrette, répétai-je, mais je ne peux pas te l'acheter.

Le jeune Indien me regarda, déconfit.

— Même pas pour dix *guaranís* ? demanda-t-il.

Je secouai la tête.

— Et pour huit, señor?

— Non, je t'assure que je ne peux pas te l'acheter.

Il soupira, comprenant que j'étais sincère.

— Alors… je vous le laisse, señor, car il ne me sert à rien.

Prenant le paquet de cigarettes que je lui offrais, il se fraya un chemin à travers les oiseaux accroupis sur le sol et disparut en nous laissant avec un serpent à sonnette sur les bras.

— Et que comptes-tu faire de cette chose? demanda Jacquie.

— On va enregistrer ses bruits, puis je le relâcherai. Son crépitement est magnifique. Ça doit être un très beau spécimen.

Pour de multiples raisons, il nous fallut remettre l'enregistrement au lendemain. Au matin, les pauvres abandonnés se traînaient encore à travers le camp, et nous passâmes encore une heure à les chasser; certains d'entre eux ayant enfin compris qu'il ne fallait plus rien attendre de nous pour ce qui était de la nourriture, ils commencèrent à s'éloigner. J'apportai alors le magnétophone et, ayant placé le micro près de la caisse, je donnai une tape dessus. Aucun son n'en sortit. Je tapai de nouveau. Le reptile resta silencieux. Cette fois, je tapai plus vigoureusement, mais sans plus de succès.

— Il est peut-être mort, dit Jacquie.

— Non. C'est toujours comme ça. Ces maudites bêtes font un chahut d'enfer et il suffit qu'on s'approche avec un magnétophone pour qu'elles soient aussi muettes qu'une girafe morte.

Je soulevai la caisse doucement d'un côté et sentis glisser le poids du serpent. Ce geste fut suffisant. On entendit un crépitement féroce, l'aiguille enregistreuse vacilla et capta un volume de sons ahurissant. Par trois fois je tapai sur la caisse et chaque fois la réponse se fit plus furieuse. Nous arrêtâmes, satisfaits de l'enregistrement, mais la bête, exaspérée, continuait de crépiter comme une mitrailleuse.

— On va le relâcher, dis-je en prenant une machette.

— Pas ici, quand même ? cria Jacquie, alarmée.

— Si. Je n'aurai qu'à lui donner un petit coup et tu le verras disparaître dans l'étang.

— Tu crois... il a l'air redoutable. Assure-toi qu'il part bien dans l'étang.

— Ne t'inquiète pas, Jacquie, et va te mettre un peu plus loin je te prie, dis-je avec une obséquiosité sans doute exaspérante.

Une fois Jacquie en sûreté, j'entrepris de soulever le couvercle. Il me fallut un peu de temps, car l'Indien l'avait fermé avec une quantité insensée de vieux clous rouillés. Je réussis enfin à y glisser la lame de ma machette et, m'appuyant avec force sur le manche, fis sauter une partie du couvercle. Je poussai un soupir de soulagement et fis alors une chose très bête : je me penchai en avant pour regarder à l'intérieur de la caisse. Ce n'est rien de dire que le serpent était en colère. Il bouillait de rage et, voyant mon visage se détacher dans le ciel au-dessus de lui, il se précipita en avant, la bouche ouverte.

J'avais toujours cru, jusqu'à ce jour, qu'un serpent à sonnette était incapable de darder sa langue fourchue vers le haut pour attaquer sa victime. Aussi est-ce avec un effroi teinté de surprise que je vis s'élancer sur moi la tête obtuse couverte d'excroissances, semblable à un ananas. La bouche rose et humide était grande ouverte, les crochets prêts à agir, et je n'eus que le temps de voir leur taille, qui était terrifiante – à peu près comme des griffes de tigre. Je bondis en arrière avec l'agilité d'un kangourou, si ce n'est que je trébuchai sur ma machette et j'atterris sans élégance. Rampant hors de sa prison, le reptile s'enroula comme un ressort, tête dressée et sonnette vibrant à une telle allure que le bout de sa queue était trouble.

— Donne-lui donc un petit coup pour qu'il s'enfuie vers le marais, dit Jacquie ironique.

Je n'étais pas d'humeur à répondre à cette plaisanterie. J'allai chercher un bâton et je m'approchai de la bête avec l'intention de la clouer au sol, puis de la relever. Mais le reptile avait son opinion sur la question. Par deux fois il frappa le bâton qui allait s'abattre, puis se tortilla dans ma direction, d'un air si menaçant que je répétai mon saut de ballerine. Le serpent était à présent d'une humeur massacrante et ne donnait aucun signe de vouloir rejoindre les eaux du marais. Nous essayâmes de le faire partir en lui jetant de la terre, mais il se replia sur lui-même en crépitant. Je lui envoyai alors un seau d'eau, ce qui ne servit qu'à aggraver les choses ; il se déroula et avança vers moi. L'ennui c'était qu'on ne pouvait pas se contenter de le laisser s'en aller à son rythme. Jacquie et moi avions encore beaucoup à faire, et on est bien moins efficace quand on est sans cesse obligé de regarder par-dessus son épaule pour s'assurer qu'on n'a pas un serpent à sonnette de quatre mètres de long à ses trousses. De plus, Cai et Pooh étaient attachés dans le jardin et risquaient de se faire mordre. Il fallait prendre une décision. Tandis que Jacquie attirait son attention en remuant un bâton, j'avançai derrière lui avec précaution, je me plaçai en position et, d'un geste net, lui tranchai la tête d'un coup de machette. Séparées de son corps depuis plus d'une minute, ses mâchoires étaient toujours secouées de convulsions et, une demi-heure plus tard, toucher ses anneaux avec un bâton provoquait encore de faibles contractions musculaires. L'étonnant c'est que les serpents à sonnette ne peuvent a priori pas attaquer à moins d'être enroulés – c'est pourquoi ils restent en boule, même quand ils sont très en colère, afin de pouvoir frapper à tout moment – mais celui-ci n'hésitait nullement à se dérouler et à se diriger droit vers vous. Rien ne dit qu'il aurait pu nous mordre le corps ainsi déroulé, mais ce n'était pas le genre d'expérience que j'avais envie de tenter.

Le lendemain matin, beaucoup de nos animaux nous avaient quittés – seuls un ou deux traînaient encore dans le camp. Vers midi un messager arriva de la station radio : ils avaient reçu un appel de l'Américain disant qu'il y avait une accalmie dans les combats à Asunción et qu'il nous envoyait un avion dans l'après-midi. Nos préparatifs s'achevèrent dans l'affolement. Il fallait aussi consoler Paula qui nous suivait de pièce en pièce, hoquetant et sanglotant à l'idée de notre départ imminent. Les bagages enfin achevés, nous avalâmes un morceau, puis nous nous attelâmes à la tâche d'installer chaque animal dans sa cage. Il n'y eut aucune objection, à l'exception de Pooh qui se méfiait de ce nouvel abri. Nous y jetâmes des morceaux de banane, mais au lieu de s'y aventurer il réussit à retirer les friandises grâce à ses longs doigts agiles. Finalement, pressé par le temps, je le saisis par la peau du cou et celle de son gros derrière, et le précipitai la tête la première dans sa boîte, indifférent à ses lamentations et à ses trépignements. Une fois à l'intérieur, il eut droit à un œuf, et il s'accroupit pour le sucer avec résignation.

Les filles de Paula, venues la soutenir, se tenaient à présent autour d'elle telles des pleureuses à un enterrement. De grosses larmes ruisselaient de ses yeux, et ce flot, qui allait en augmentant, mettait à mal son maquillage mais son chagrin avait l'air de lui apporter tant de satisfaction que cela ne devait pas avoir beaucoup d'importance. Soudain, elle nous fit sursauter en lançant une plainte digne du fantôme du père dans *Hamlet*. D'une voix d'outre-tombe elle cria : « Il est arrivé ! » avant de remettre en route les chutes du Niagara. On entendit le ronflement lointain d'un moteur d'avion dans le ciel bleu et au même moment un camion s'arrêta devant la maison. Je chargeai les animaux et les bagages, tandis que Jacquie subissait les embrassades de chacune des filles, puis fut serrée contre le giron humide et palpitant de Paula. Quand ce fut mon tour, heureusement, les jeunes filles me tendirent simplement la main en amorçant un semblant de révérence comme devant un personnage de haute lignée. Quant à Paula, elle écrasa ma main dans les siennes, en les portant à son ventre, puis leva vers moi son visage baigné de larmes.

— *Adios, señor*, dit-elle, bon voyage pour vous et pour la señora. Si Dieu le veut, vous reviendrez au Chaco…

Le camion démarra sur la route poussiéreuse, et nous nous penchâmes à la portière pour agiter la main dans la direction de Paula et de ses filles. Elles se tenaient comme un charmant groupe d'oiseaux des îles, agitant les mains et criant des *Adios* de leurs voix perchées.

Nous arrivâmes sur le terrain, juste à temps pour voir l'avion plonger en piqué comme une libellule. Il atterrit très brutalement et roula vers nous.

— Ah ! dit le chauffeur du camion. Vous avez le cinglé.

— Le cinglé ! Quel cinglé ? demandai-je ahuri.

— Ce pilote-là ! répondit-il avec un certain mépris. Tout le monde dit qu'il est fou. Il ne sait pas poser un avion sans le faire bondir comme une gazelle.

Le pilote s'extirpa de l'appareil. C'était un Polonais râblé aux cheveux argentés. Il avait une expression de douceur un peu semblable à celle du chevalier blanc dans *Alice au pays des merveilles*. La pesée de nos bagages se fit sur une bascule manuelle et nous fûmes atterrés de constater qu'ils dépassaient de plusieurs kilos le poids autorisé pour l'avion.

— Pas d'importance, dit le pilote avec un large sourire. Il peut porter ça.

Une fois les valises chargées, nous nous casâmes à l'intérieur et le chauffeur du camion entassa sur mes genoux l'assortiment d'animaux que nous emmenions. Sarah, qui avait refusé son biberon une demi-heure plus tôt, avait changé d'avis et criait maintenant à tue-tête. Pour avoir la paix, je la sortis de sa cage et la déposai sur les genoux de Jacquie.

Le pilote tourna des boutons sur le tableau de bord, puis nous sourit d'un air réjoui en entendant démarrer le moteur. « Très difficile », dit-il gaiement. Nous roulâmes pendant près de cinq minutes, à la recherche d'une bande de terrain sec où décoller. Elle finit par se présenter, le pilote mit les gaz, l'avion avança en zigzaguant et enfin nous réussîmes à nous arracher du sol et à nous élever en frôlant les arbres en bordure du terrain. Le pilote s'essuya le front.

— Il est en l'air maintenant… me cria le pilote. Le tout sera de le poser.

Au-dessous de nous, la plaine immense s'étendait, noyée dans une brume de chaleur. L'avion bascula en arrière, se redressa et nous survolâmes la rivière sinueuse qui disparaissait à l'horizon pour aller se perdre en direction d'Asunción.

Interlude

Je n'ai jamais particulièrement aimé les villes, ni cru que je me réjouirais un jour d'en voir une. Mais nous éprouvâmes un soulagement et un bonheur intenses en apercevant Buenos Aires, qui scintillait sous notre aile telle une immense mosaïque de sequins dans le crépuscule. À peine arrivés à l'aéroport, je me dirigeai vers un téléphone et composai le numéro de Bebita.

— Oh ! mon enfant ! Comme je suis heureuse de vous savoir sains et saufs ! Vous n'imaginez pas comme je me suis inquiétée pour vous. Où êtes-vous ? À l'aéroport ? Bien. Alors venez dîner.

— Le problème des animaux se pose à nouveau, Bebita. Il nous faut un endroit où les garder. Il fait affreusement froid ici et ils attraperont une pneumonie si nous ne les mettons pas vite au chaud.

— Bien sûr, les animaux, dit Bebita. Je leur ai trouvé une petite maison à B-B-Belgrano.

— Une *maison* ?

— Oui. Toute petite – deux pièces, je crois. L'eau courante, mais ça ne doit pas être chauffé. Je vais vous prêter un radiateur.

— Je suppose que cette maison appartient à un de vos amis ?

— Naturellement. Je vous demanderai seulement de me rapporter b-b-bientôt le radiateur de Monono. Il sera perdu sans lui.

La modeste maison de Bebita était en fait un grand deux-pièces donnant sur un patio entouré d'un très haut mur. Il donnait sur une autre dépendance dotée d'un large évier. Grâce au radiateur que Bebita avait soustrait en cachette de la chambre de son époux, nous pûmes obtenir rapidement une température agréable et les animaux commencèrent à reprendre leurs esprits. Nous avions téléphoné à Rafael, et il arriva, les bras chargés de fruits, de viande et de pain pris dans le garde-manger de sa mère. Je crus devoir protester, puis je me rangeai bien vite à ses arguments : nous n'avions pas le choix, toutes les boutiques étaient fermées et les animaux allaient mourir de faim. C'est donc avec joie que je gavai nos créatures de friandises auxquelles elles n'étaient pas habituées : raisins, poires, pommes, cerises. Une fois qu'elles furent installées bien au chaud et le ventre plein, nous les laissâmes pour rejoindre Bebita. C'était notre premier repas civilisé depuis des mois. Sitôt après, aussi repus que nos animaux, nous plongeâmes dans des fauteuils pour savourer notre café.

— Et qu'allez-vous faire maintenant ? s'enquit Bebita.

— Eh bien, il nous reste encore quelques jours avant le départ du bateau et j'aimerais les mettre à profit pour compléter la collection.

— Vous aimeriez retourner à la campagne ? demanda Bebita.

— Si c'était possible...

— Je vais voir si Maria Mercedes accepterait que vous alliez à l'*estancia*.

— Vous croyez qu'elle voudra ?

— Mais certainement, commença Bebita, c'est...

— ... une de vos amies, je sais.

C'est ainsi que tout fut arrangé. Nous prendrions le train jusqu'à Monasterio – à une cinquantaine de kilomètres de Buenos Aires – où se trouvait Secunda, l'*estancia* des De Soto. Rafael et son frère Carlos seraient là pour nous prêter main-forte.

La chasse au nandou

Nous nous rendîmes donc à Monasterio par le train. Les dernières maisons de la capitale sitôt dépassées, la voie ferrée s'élança à travers l'immensité de la pampa, toute blanche de rosée. De chaque côté de la voie s'étendait un tapis de volubilis aux fleurs bleu électrique si nombreuses qu'elles recouvraient leurs feuilles en forme de cœur.

Monasterio était un village qui ressemblait à un décor de western hollywoodien. De petites maisons carrées s'alignaient le long d'une rue boueuse qui gardait l'empreinte des roues des charrettes et des sabots des chevaux. Au premier carrefour, l'une d'elles servait de taverne et d'épicerie dont les rayons débordaient de marchandises, allant des cigarettes au gin, et des pièges à rat aux tenues kaki. Les chevaux étaient attachés à une barrière à l'extérieur pendant que leurs cavaliers buvaient et bavardaient à l'intérieur. C'étaient pour la plupart des hommes trapus, au visage brun craquelé par le soleil, les yeux de jais et arborant de grandes moustaches victoriennes tachées de nicotine. Ils portaient les vêtements traditionnels des péons : bottes courtes au cuir froissé et petits éperons ; *bombachas* rentrées dans leurs bottes un peu comme des culottes de golf ; chemise large, mouchoir de couleur vive noué autour du cou ; et un pork pie à bord étroit relevé sur le front, retenu par un élastique passant derrière la tête. À leur ceinturon de cuir, serti de couronnes et d'étoiles et autres motifs argentés, était accroché un petit couteau, très utile.

À notre entrée dans le magasin, tous se retournèrent pour nous dévisager non pas avec hostilité mais avec curiosité. Ils nous firent de grands sourires quand nous les saluâmes dans notre espagnol approximatif, et nous répondirent très courtoisement. J'achetai des cigarettes et nous traînâmes là en attendant Carlos et Rafael.

Bientôt, nous entendîmes un tintement de harnais, un bruit de sabots, un grincement de roues, et nous vîmes arriver un dog-cart sur lequel étaient juchés notre ancien interprète et son frère Carlos. Rafael, les verres de ses lunettes clignotant comme le signal d'un phare, nous salua avec enthousiasme et fit les présentations. Carlos était plus grand que Rafael et donnait l'impression – illusoire – d'être plus pondéré. Il y avait quelque chose d'asiatique dans son visage pâle et placide, ses yeux d'un brun profond et ses cheveux d'un noir luisant. Tandis que Rafael sautillait comme un corbeau excité, baragouinant de façon incompréhensible, Carlos avait méthodiquement chargé nos bagages sur la charrette où il attendait patiemment que nous le rejoignions. Quand nous fûmes installés, il secoua légèrement les rênes sur la croupe des chevaux, claqua doucement la langue, et le dog-cart s'ébranla. Pendant une demi-heure, nous suivîmes une route toute droite posée en travers d'immenses pâturages. Ici et là passaient des troupeaux d'une centaine de têtes avec de l'herbe jusqu'aux genoux. Au-dessus d'eux tournoyaient des vanneaux téros aux ailes bicolores. Dans les fossés remplis d'eau et de végétation évoluaient par petits groupes des canards qui s'envolaient dans un froissement d'ailes à notre passage. Carlos désigna du doigt un bois sombre qui se dressait comme un récif noir sur la pampa verte.

— C'est Secunda, dit-il en souriant. On arrive en dix minutes.

— J'espère que ça nous plaira, dis-je en plaisantant.

Rafael me lança un regard ahuri de derrière ses lunettes.

— Parole ! dit-il, affolé qu'il puisse en être autrement, bien sûr vous aimerez, Gerry. Secunda est notre *estancia.*

Secunda était une construction longue et basse, blanchie à la chaux, posée avec élégance entre d'un côté un immense lac et de l'autre un bois d'eucalyptus et de cèdres du Liban. Les fenêtres à l'arrière de la maison donnaient sur les eaux grises et calmes du lac bordé par la frise verte de la pampa ; et à l'avant sur un jardin classique de style victorien avec ses haies de buis longeant des chemins envahis d'herbes folles, et un puits enfoui sous la mousse et les fougères. Ici et là, dans les parterres de fleurs géométriques jonchés d'oranges, de pâles statues se détachaient à l'ombre des cèdres. Sur le lac, des cygnes à cou noir glissaient en bandes serrées comme des blocs de glace à la dérive et des spatules se nourrissaient entre les roseaux tels des bouquets de roses parmi la verdure. Des colibris voletaient au-dessus du puits de ce jardin rafraîchissant et des fourniers, le jabot enflé, se pavanaient sur les sentiers et au milieu des orangers. De minuscules tourterelles tristes aux yeux mauves se posaient sur les parterres de fleurs, picoraient en hâte puis s'envolaient discrètement. Il régnait dans ce jardin la paix d'un monde oublié, un silence rompu seulement par la note piquée du fournier ou le doux balbutiement d'ailes des minuscules tourterelles s'élevant vers les eucalyptus.

Une fois installés et nos bagages défaits, nous nous retrouvâmes au salon pour discuter du programme. La première chose que je voulais faire, c'était filmer des nandous, l'équivalent sud-américain de l'autruche africaine. Secunda était une des rares *estancias* facilement accessibles depuis Buenos Aires où l'on rencontrait encore ces grands oiseaux à l'état sauvage. J'en avais touché un mot à Rafael quand nous étions à Buenos Aires, et lui demandai maintenant s'il y avait un espoir d'en voir et de les filmer.

— Tranquille, Gerry, dit Rafael en souriant. Carlos et moi avons arrangé tout.

— Oui, confirma Carlos. On va chercher les *ñandúes* cet après-midi.

— Peut-être ça vous intéresse aussi filmer comment les péons attrapent le *ñandú*, non ? ajouta Rafael.

— Comment font-ils ?

— À l'ancienne, avec les *boleadoras*... vous savez, les trois boules sur une corde.

— Et comment que j'adorerais filmer ça !

— Tout est arrangé, dit Carlos. Cet après-midi, nous partons avec la charrette, et les péons vont à cheval. Nous trouvons *ñandúes*, les péons attrapent, vous filmez. OK ?

— Merveilleux, répondis-je, et si on ne les trouve pas aujourd'hui, on pourra recommencer demain ?

— Bien sûr, dit Rafael.

— On cherche et cherche jusqu'à ce qu'on les trouve, renchérit Carlos, et les deux frères se regardèrent d'un air enchanté.

La petite charrette arriva après le déjeuner en grinçant doucement sur le gravier humide. Carlos la conduisait en donnant de légers coups de rênes sur la croupe des deux chevaux gris. Il s'arrêta devant la véranda, sauta à terre et vint me rejoindre. La tête pendante, les deux gris mordillaient pensivement leur mors.

— Prêt, Gerry ?

— Oui, je suis prêt. Où sont les autres ? Ils ont pris de l'avance ?

— Oui. Rafael et eux partis à cheval... J'ai six péons. OK ?

— Parfait... Il ne manque plus que ma femme, dis-je en jetant un coup d'œil autour de nous.

Carlos s'assit sur le mur et alluma une cigarette.

— Nous attendre toujours les femmes, dit-il avec philosophie.

Un grand papillon jaune vint voltiger autour de la tête des chevaux, il s'immobilisa au-dessus de leurs oreilles comme s'il pouvait s'agir d'une variété d'arum poilu. Les deux gris secouèrent la tête et le papillon reprit son vol titubant. Un colibri passa à toute allure devant les cèdres sombres, s'arrêta net, puis rebroussa chemin sur dix centimètres et plongea vers une branche basse où il captura une araignée avec un petit cri de triomphe avant de repartir aussi sec entre les orangers. Jacquie apparut sur la véranda :

— Salut, fit-elle gaiement. Vous êtes prêts ?

— Oui, répondîmes-nous en chœur.

— Tu n'as rien oublié ? Caméra, Rollei, pellicule, posemètre, pare-soleil, trépied ?

— Oui, j'ai tout, répondis-je, sûr de moi. Rien omis, rien oublié.

— Et le parapluie ? demanda-t-elle.

— Zut ! Je l'ai oublié.

Je me tournai vers Carlos.

— Vous n'auriez pas un parapluie à me prêter ?

— Parapluie ? répéta Carlos, perplexe.

— Oui, un parapluie.

— C'est quoi, parapluie ? demanda-t-il.

Il est très difficile de trouver, au pied levé, la bonne façon de décrire un parapluie.

— C'est un de ces trucs qu'on utilise quand il pleut.

— Ça se replie, dit Jacquie.

— Et on l'ouvre à nouveau quand la pluie tombe.

— C'est comme un champignon.

— Ah ! dit Carlos, son visage s'illuminant. Je sais.

— Vous en avez un?

Carlos m'adressa un regard de reproche.

Il disparut dans la maison et revint avec une ravissante ombrelle japonaise en papier bariolé dont la circonférence était à peu près la moitié de celle d'une roue de bicyclette.

— OK? demanda-t-il en la faisant tourner fièrement de sorte que les couleurs se mélangeaient.

— Vous n'auriez rien de plus grand, par hasard?

— Plus grand? Non pas plus grand. C'est pour quoi, Gerry?

— Pour protéger la caméra et empêcher la pellicule de chauffer au soleil.

— Ah!... Alors ça suffira. Je la tiendrai pour vous.

Nous grimpâmes dans la charrette et Carlos secoua les rênes d'un coup sec sur les énormes croupes grises avec un claquement de langue. Les deux gris poussèrent un profond soupir et s'élancèrent. La route était bordée d'eucalyptus géants dont l'écorce se détachait, laissant apparaître le tronc blanc et luisant sous les longues épluchures en spirale. Des conures veuves y avaient accroché leurs énormes nids, véritables enchevêtrements de brindilles qui ressemblaient à des tas de foin. Ces perruches si fines au plumage vert gazon volaient dans les branches au-dessus de nos têtes en bavardant et pépiant, et s'engouffraient dans leurs gigantesques nids communaux. «Hi-hue!» lança Carlos d'une voix de fausset, et les chevaux se mirent mollement au trot en renâclant. Cette longue allée arborée débouchait sur la pampa, miroitant dans le soleil de l'après-midi. La charrette roula sur l'herbe détrempée et les deux gris se frayèrent un chemin à travers les chardons qui se dressaient hauts et droits, pareils à d'étranges candélabres piquants, une fleur violette au bout de chaque branche. Tel un petit fantôme gris, une chevêche se livra, à la porte de son abri, à un charmant ballet : deux pas à gauche, deux pas à droite ; une pause pour nous fixer de ses yeux dorés ; un mouvement de tête rapide de gauche à droite, puis de haut en bas ; un envol en spirale, sur des ailes aussi douces et silencieuses qu'un nuage.

Cahin-caha, la charrette continuait d'avancer dans la pampa qui s'étirait à l'horizon, mer dorée d'un calme plat, parsemée de taches sombres là où les chardons se faisaient plus denses. Ici et là, comme des vagues sur cette mer lisse, un bosquet d'arbres penchés par le vent offrait un peu d'ombre au bétail. De gros nuages blancs se déplaçaient dans le ciel, aussi calmes et dignes que des escargots albinos sur une vitre bleu pâle. Les chevaux peinaient pour contourner les chardons qui devenaient de plus en plus touffus et les tiges sèches crépitaient sous nos roues. Un lièvre surgit d'entre les sabots des chevaux et s'enfuit en zigzaguant avant de s'immobiliser et de se confondre avec la masse brunâtre des chardons. Loin devant nous commencèrent à apparaître de minuscules formes noires tachetées de couleurs vives… C'étaient nos péons sur leurs montures.

Ils nous attendaient, regroupés dans les hautes herbes. Leurs chevaux impatients s'ébrouaient et piaffaient. Le visage radieux, les hommes bavardaient et riaient entre eux, les médaillons argentés de leurs larges ceintures brillant au soleil tandis qu'ils tournoyaient sur leurs chevaux agités. Carlos amena le dog-cart près d'eux et les deux gris s'arrêtèrent, laissant tomber leur tête en poussant des soupirs épuisés. Carlos s'entretint de notre plan de chasse avec les péons : ils devaient se scinder en deux groupes et chevaucher en une longue ligne de chaque côté de la charrette. Sitôt que les nandous déboucheraient, ils essayeraient de les encercler et de les rabattre vers la charrette, pour que je puisse les filmer.

— Vous croyez que nous allons voir des *ñandúes* ? demandai-je à Carlos, quand le brouhaha se fut un peu calmé.

— Je crois, répondit-il en haussant les épaules. Rafael dit qu'il les a vus ici hier. Si pas ici, dans le prochain *potrero*.

Carlos fit claquer sa langue, les chevaux sortirent de leur léthargie et le dog-cart repartit à travers les chardons. Nous n'avions pas fait vingt mètres qu'un des cavaliers lançait un « hoop » prolongé et agitait un bras vers le carré de chardons dans lequel notre attelage s'apprêtait à plonger. D'un geste rapide, Carlos fit arrêta ses chevaux et Jacquie et moi montâmes sur la banquette pour scruter le buisson recouvert de fleurs violettes. On ne voyait rien, mais Carlos me saisit soudain le bras :

— Là, Gerry, voyez ? *ñandú*...

J'aperçus une forme qui louvoyait et se tortillait dans l'océan de tiges grises et blanches. Les péons avaient commencé à l'encercler quand l'un d'eux, debout sur ses étriers, fit un signe et cria.

— Que dit-il, Carlos ?

— Il dit il y a *ñandú* avec bébés, traduisit Carlos qui fit tourner les chevaux et les lança au galop.

La charrette brinquebala le long du carré de chardons. Il l'arrêta à la lisière de ce carré, à l'endroit où commençait l'herbe.

— Regardez, Gerry, regardez bien… ils vont venir ici.

Nous attendîmes devant ce haut mur de chardons, en écoutant crisser les tiges à mesure qu'avançaient les péons. Soudain, un grand chardon s'inclina, craqua et tomba. Piétinant sa tige épineuse, un nandou gagna l'herbe verte avec la grâce d'une ballerine entrant en scène. C'était un grand mâle et il s'arrêta un bref instant, ce qui nous permit de l'observer. Il ressemblait à une petite autruche grise avec des traits noirs sur le visage et la gorge. Mais sa tête et son cou, contrairement à l'autruche, n'étaient pas du tout chauves ; il n'avait pas non plus l'œil terne, mais de beaux yeux limpides et vifs. Il s'était arrêté pour se repérer. À la seconde où il nous aperçut, il vrilla comme une toupie et s'enfuit dans la pampa à grandes enjambées la tête et le cou tendus en avant et ses énormes pieds touchant presque son bec à chaque pas. Il avançait par bonds comme s'il était monté sur ressorts. Debout, il mesurait un mètre cinquante, mais lancé à présent dans la course, son corps tout entier, des jambes jusqu'au cou, s'étirait dans une ligne fuselée qui fendait l'air. Coupant à travers la barrière des chardons, un péon le prit en chasse et le suivit au galop, l'approchant à une vingtaine de mètres ; l'oiseau nous offrit alors une démonstration de sa tactique de fuite. Dès qu'il vit le cavalier, il leva la tête, sembla stopper au beau milieu d'un bond prodigieux et pivota en l'air pour repartir dans la direction opposée sans rien perdre de sa vitesse. Adoptant cette fois une course en zigzag, il faisait des bonds de deux mètres à droite puis à gauche, de sorte que, vu de derrière, il avait l'air d'une gigantesque grenouille à plumes.

Carlos s'apprêtait à faire repartir les chevaux quand un deuxième nandou se montra à découvert. Plus petit et d'un gris plus pâle, il bondit par la brèche ouverte par le premier et s'arrêta dans l'herbe en dérapant.

— Celui-là, c'est une femme, murmura Carlos. Regardez, elle est petite.

Elle nous avait vus, mais ne s'était pas enfuie comme le mâle et se balançait d'une patte sur l'autre d'un air embarrassé, en nous observant de ses grands yeux apeurés. Nous comprîmes pourquoi en voyant soudain détaler du fourré onze bébés qui ne devaient pas avoir plus de quelques jours. Leurs corps ronds étaient une masse de plumes ; gros comme des ballons de football, perchés sur des pattes épaisses qui se terminaient par de grands pieds épanouis, ils étaient recouverts d'un duvet brun crème avec des rayures ardoise et mesuraient environ trente centimètres. Ils sortirent de la forêt de chardons en se dandinant, sans crainte aucune, les yeux brillants, et vinrent entourer les énormes pieds de leur mère, babillant entre eux. La mère se retourna pour jeter un coup d'œil rapide sur sa progéniture ; puis elle parut renoncer à les compter et s'engagea dans l'herbe, courant au ralenti, tête levée, martelant le sol de ses grands pieds. Les bébés la suivirent, courant comme elle, à la queue leu leu. C'était un spectacle comique ; on aurait dit une vieille fille un peu excentrique se hâtant le plus dignement possible pour attraper son autobus, en traînant derrière elle un boa à plumes qui sautillait et serpentait dans les herbes.

Quand toute la famille eut défilé sous les cris de ravissement de Jacquie, Carlos fit repartir la charrette.

— Bientôt nous rencontrons les gros, dit Carlos et il avait à peine achevé sa phrase que Rafael se dirigeait vers nous au galop, foulard au vent, en agitant son chapeau.

Il s'arrêta à notre hauteur et se mit à gesticuler et à pérorer nerveusement en espagnol avec son frère. Ce dernier se retourna vers nous, les yeux brillants.

— Rafael dit que beaucoup de *ñandúes* assis là-bas. Il dit aller avec la voiture, et lui et les péons chasseront les *ñandúes* vers nous.

Rafael repartit au galop vers les cavaliers, pour expliquer à chacun où il devait se tenir, tandis que Carlos força à nouveau les chevaux récalcitrants à entrer dans les chardons. Ils étaient lancés à une telle allure quand nous débouchâmes dans la pampa que je craignais que la charrette se renverse à tout moment. Recroquevillé sur son siège, Carlos frappait leurs croupes avec le plat des rênes et les encourageait de la voix. Un couple de vanneaux, tels deux dominos noir et blanc dans l'herbe verte, nous regarda approcher puis courut sur deux mètres avant de s'élever dans les airs où il resta à tournoyer en poussant ses «tero... tero... tero» pour avertir les habitants de la pampa de notre présence. Penché dangereusement à l'extérieur de la charrette, je pus apercevoir les cavaliers à cinq cents mètres de nous, formant une longue ligne et attendant que nous soyons en place. La chaleur était devenue intolérable et les flancs des chevaux gris étaient striés de sueur; l'horizon était flou et miroitant, comme si on le regardait à travers une vitre embuée. Carlos tira brusquement sur les rênes et arrêta la charrette.

— C'est OK ici, Gerry. On apporte la caméra là-bas, dit-il en montrant du doigt. Les *ñandúes* arriver par ici.

Nous nous dépêchâmes de descendre le matériel. Je portais la caméra et le trépied et Carlos me précédait, armé de sa minuscule ombrelle en papier. Jacquie resta dans la voiture, les jumelles vissées devant ses yeux, guettant l'apparition des nandous. Avisant à une cinquantaine de mètres de là un endroit d'où nous aurions une vue parfaite sur une large «avenue» entre deux carrés de chardons, j'y installai la caméra et je la mis au point. Carlos tenait l'ombrelle au-dessus de moi pour protéger la caméra du soleil.

— C'est bon, dis-je en m'épongeant le visage.

Carlos souleva et agita son parasol coloré, et on entendit au loin les cris des péons excitant leurs chevaux vers la jungle de chardons. Puis ce fut le silence et les vanneaux, nous voyant immobiles, s'enhardirent à se poser près de nous, courant de droite à gauche puis sautillant sur place, sur leurs gardes. Jacquie, toujours dans la charrette, le chapeau en arrière, regardait avec ses jumelles. Les chevaux, la tête basse, déplaçaient leur poids d'une hanche sur l'autre, comme deux vieilles serveuses attendant l'heure de fermeture. Je sentais la sueur ruisseler dans mon dos et sur mon visage, et ma chemise collait de façon désagréable. Et puis Jacquie enleva soudain son chapeau et se mit à l'agiter en hurlant des instructions incompréhensibles. Au même moment, les deux vanneaux s'envolèrent pour tourner dans le ciel avec des cris farouches. On entendait le craquement des chardons, le bruit des sabots et les hululements des péons. C'est alors que les nandous sortirent des chardons.

Je n'aurais jamais cru qu'un oiseau terrestre pouvait se mouvoir avec la grâce et la rapidité d'un oiseau en vol, mais j'en eus la preuve ce jour-là. Ils étaient huit, disposés en V, et semblaient lancés à leur vitesse maximale. Leurs pattes se déplaçaient à une telle allure qu'on les voyait seulement lorsque le pied touchait terre et propulsait l'oiseau en avant. Leur cou était tendu presque à l'horizontale et les ailes, retombant légèrement, étaient écartées du corps. Le bruit rapide et rythmé de leurs pieds, martelant le sol dur, dominait le tapage des vanneaux. Sans ce martèlement, on aurait pu croire qu'ils étaient montés sur roues tant leur action était rapide et sans effort apparent. Je disais qu'ils semblaient courir à leur vitesse maximale, mais quand deux péons surgirent des chardons au galop avec des « hoop » aigus, il se produisit une chose étonnante. Les nandous, comme pour éviter une fessée, rentrèrent la queue et accélérèrent au double de leur vitesse en trois grandes enjambées. Ils s'éloignèrent en un rien de temps. Les péons les poursuivirent et je vis l'un d'eux dénouer les *boleadoras* pendues à sa ceinture.

— J'espère qu'ils ne vont pas essayer de les attraper là-bas, Carlos. Je ne peux pas filmer à cette distance.

— Non, non, me rassura Carlos. Ils encerclent et ramènent ici. Allons à la charrette... il y a plus d'ombre là-bas.

— Ça va leur prendre combien de temps ?

— Oh, cinq minutes, peut-être.

Nous retournâmes à la voiture, où Jacquie, installée comme dans une tribune, les jumelles toujours braquées, bondissait de son siège par intermittence pour lancer des encouragements à cette chasse lointaine. Je plantai la caméra dans le maigre carré d'ombre projeté par la charrette, et je grimpai à côté de Jacquie.

— Qu'est-ce que tu vois ? lui demandai-je, car les péons et leurs proies n'étaient plus que de petites taches à l'horizon.

— C'est passionnant, non ? cria-t-elle, s'accrochant aux jumelles quand j'essayai de les lui prendre. C'est grisant. Tu les as vus courir ? Je n'imaginais pas qu'ils puissent courir aussi vite.

— Montre-moi ça...

— D'accord, d'accord, une minute. Je veux juste voir... oh, non, non, attention...

— Qu'est-ce qui se passe ?

— Ils ont essayé de s'échapper... Mais Rafael les a vus à temps... Oh, regarde-moi celui-là, comme il court... leur vitesse. As-tu jamais rien vu de semblable ?

— Non..., lui dis-je sans mentir. Si tu me laissais regarder maintenant...

Elle me céda les jumelles à contrecœur et je vis les nandous esquiver et contourner les buissons avec une grâce et une aisance qui auraient rendu jaloux n'importe quel joueur de football professionnel. Les péons galopaient dans tous les sens, s'évertuant à les tenir rassemblés et à les rabattre vers nous. Ils avaient tous sorti leurs *boleadoras* et je voyais les boules briller au bout des longues cordes qu'ils faisaient tournoyer au-dessus de leur tête. Tous ensemble, les nandous virèrent de bord et se dirigèrent vers nous ; les cavaliers, avec des cris de victoire, firent dévier leurs montures et les suivirent au grand galop. Je rendis les jumelles à Jacquie et me dépêchai de me replacer derrière la caméra. Je venais à peine de faire le point quand les nandous, en groupe serré, se précipitèrent droit sur nous. Ils étaient à cent mètres lorsqu'ils nous aperçurent. Tel un chœur de ballet parfaitement réglé, la troupe pivota à angle droit. Les péons les talonnaient, éperonnant leurs chevaux dont les sabots détachaient des mottes de terre noire, leurs *boleadoras* sifflant dans l'air au-dessus d'eux. Puis les cris, le martèlement des sabots et le sifflement plaintif des *boleadoras* s'évanouirent au loin. Seule continuait, au-dessus de nous, la ronde des vanneaux avec leurs appels farouches. Jacquie continuait de commenter la course.

— Rafael rejoint Eduardo sur la droite… ils courent toujours… ah !… Il y en a un qui vient de s'échapper, mais Eduardo l'a vu… aïe, c'est toute la troupe qui s'est éparpillée… il y en a partout, ils n'arriveront jamais à les rassembler… un péon lance ses *boleadoras*… ah, il l'a manqué… tu aurais vu le virage de ce nandou… mais qu'est-ce qu'il fait, lui ?… il est parti dans l'autre sens… Rafael y est… il revient… il revient…

Je venais d'allumer une cigarette et dus la jeter en vitesse pour retourner à la caméra, car un nandou avait bondi hors des chardons. Convaincu que les péons mettraient au moins un quart d'heure pour regrouper les oiseaux, je n'avais pas fait le point ni mesuré la lumière. Trop tard. Le nandou fonçait vers nous à plus de trente kilomètres à l'heure. Je fis pivoter la caméra sur son trépied et, dès que j'eus le nandou dans le champ, je pressai le bouton en me demandant s'il en sortirait quelque chose. L'oiseau était à moins de cinquante mètres, talonné par Rafael. Sans doute inquiet de se sentir serré de si près, il ne semblait pas nous avoir vus. Je le regardais s'approcher dans le viseur et j'entendais couiner Jacquie au-dessus de ma tête. Le nandou continuait d'avancer et emplissait maintenant tout le cadre. Je commençai à m'inquiéter, car je n'avais nulle envie de me faire percuter par une bête de cent kilos lancée à cette allure. Je gardai le doigt sur le déclic, en marmonnant une courte prière. L'oiseau, soudain, me découvrit ; ses yeux s'écarquillèrent en une expression horrifiée et, arrachant à ses muscles un dernier effort, il vira sur la gauche et disparut du champ de mon viseur. Je me redressai et m'épongeai le front.

Hagards, Jacquie et Carlos me fixaient.

— Il était à quelle distance ? demandai-je, car c'était difficile à évaluer pendant que je filmais.

— Il a braqué en arrivant vers la touffe d'herbe que tu vois là, dit Jacquie.

J'enjambai la distance du trépied à la touffe : environ un mètre quatre-vingts.

Ce virage causa la défaite du nandou, cette faible déviation lui ayant fait perdre les quelques mètres d'avance qu'il avait sur Rafael.

Arrachant à son cheval ruisselant un ultime élan, Rafael réussit à gagner l'oiseau de vitesse et le ramena devant la caméra. Cette fois j'étais prêt. J'entendis le sifflement des *boleadoras* qui allait crescendo pour finir dans une sorte de « houip » prolongé. Tournoyant comme un fléau, cordes et balles allèrent s'enrouler, tel un poulpe, autour du cou et des pattes de l'oiseau. Il fit encore quelques pas, puis la corde se tendit et il s'abattit sur le sol. Avec un long cri de triomphe, Rafael arriva à sa hauteur ; il mit pied à terre en un éclair et saisit les pattes, qui risquaient de l'éventrer s'il les lâchait. Le nandou lutta un bref instant, puis s'immobilisa. Dansant de joie sur le siège de la charrette, Carlos annonça à grands cris notre victoire aux autres péons qui s'empressèrent de nous rejoindre autour de la prise.

C'était un gros oiseau aux cuisses aussi musclées que celles d'une danseuse, mais les os de ses ailes étaient tellement fragiles et mous qu'on pouvait les plier comme une jeune branche. Ses énormes yeux, bordés de longs cils de star, recouvraient presque tout le côté du crâne. Quant à ses pieds, munis de quatre doigts, ils étaient immenses et puissants. Le doigt du milieu était le plus long et se terminait par une redoutable griffe recourbée, aussi tranchante qu'un canif. Les plumes, assez longues, ressemblaient à des feuilles de fougère très effilées. Quand j'eus fini de l'examiner et pris quelques gros plans, nous retirâmes les cordes et les boules pour le libérer. Il resta un moment allongé dans l'herbe, puis d'un brusque élan de ses pattes robustes il se remit sur ses pieds et bondit dans les chardons en courant de plus en plus vite.

L'heure était venue de retrouver Secunda et le repas qui nous y attendait. Le cliquetis des harnais accompagnait notre troupe tandis que les péons riaient et bavardaient gaiement à nos côtés, leurs ceintures scintillant au soleil. Noirs de sueur, épuisés, leurs chevaux rentraient pourtant d'un pas allègre en se titillant et se mordillant les uns les autres. Quant à nos deux gris, qui avaient passé l'après-midi à l'arrêt dans leurs brancards, ils se traînaient comme s'ils étaient à bout de forces. Derrière nous, la pampa s'étirait, majestueuse, dorée et paisible. Au loin, deux taches noir et blanc jouaient à disparaître et ressurgir des herbes, et j'entendais la voix de la pampa, cet avertissement perçant lancé à tous ses habitants par le vanneau toujours aux aguets : « tero… tero… tero… teroterotero ».

Adios

Le jour du départ approchait. Il fallut nous arracher à Secunda et emmener avec nous nos dernières captures : tatous, opossums, et quelques très beaux oiseaux. Nous prîmes le train pour Buenos Aires, les animaux voyageant en même temps, dans le fourgon à bagages. Ces nouvelles acquisitions donnaient un certain lustre à notre collection, mais j'étais déçu de rapporter si peu d'oiseaux alors que l'Argentine abrite quelques-unes des espèces les plus intéressantes.

Et puis, la veille de notre embarquement, me rappelant une chose que Bebita m'avait dite à ce sujet, je décidai de l'appeler.

— Bebita, vous m'avez bien parlé d'une boutique d'oiseaux à Buenos Aires ?

— Une b-b-boutique d'oiseaux ?... Ah, oui, j'en ai vu une... elle est quelque part, près de la gare.

— Auriez-vous la bonté de m'y conduire ?

— Mais naturellement. Venez déjeuner et nous irons ensuite.

Après un repas qui se prolongea assez tard, Bebita, Jacquie et moi, nous prîmes un taxi et partîmes à la recherche de la boutique. Nous finîmes par la trouver le long d'une place, parmi des centaines d'échoppes vendant des légumes, de la viande et beaucoup d'autres produits. La boutique était vaste et contenait, pour notre plus grand bonheur, un choix aussi varié qu'important. Nous fîmes lentement le tour des cages en admirant les oiseaux de toutes formes et de toutes couleurs qui s'y trouvaient. Le propriétaire, au faux air de catcheur, nous suivait d'un œil cupide.

— Avez-vous décidé ce que vous voulez ? demanda Bebita.

— Oui, je sais ce que je veux, mais ça va dépendre du prix. Et cet homme ne m'a pas l'air disposé à se montrer très raisonnable.

L'élégante Bebita lança un regard amusé au propriétaire trapu. Retirant ses gants et les déposant avec soin sur un sac de graines, elle adressa à l'homme un sourire charmeur. Il rougit et répondit en hochant la tête. Bebita se retourna vers moi.

— Il a l'air *adorable*, dit-elle en le pensant vraiment.

Cette faculté qu'avait Bebita de déceler quelque chose de divin chez des êtres dont j'étais certain qu'ils n'auraient eu aucun scrupule à vendre père et mère au premier offrant ne cessait de me déconcerter. Je regardai ce propriétaire sinistre bouche bée.

— Je ne vois franchement pas ce que vous lui trouvez d'adorable, dis-je enfin.

— Je suis *sûre* que c'est un ange, insista Bebita. Maintenant, montrez-moi les oiseaux qui vous font envie et laissez-moi lui parler.

Très dubitatif quant à cette façon de procéder, je fis néanmoins le tour des cages avec elle en lui montrant les spécimens qui me faisaient saliver d'envie, rien qu'à les voir. Bebita me demanda alors le prix que j'étais prêt à payer pour les avoir et je lâchai un chiffre qui me semblait juste sans être exorbitant. Elle se dirigea de sa démarche aérienne vers le marchand qu'elle fit rougir comme un collégien avec un nouveau sourire et, s'adressant à lui d'une voix céleste, attaqua la discussion. Jacquie et moi la laissâmes faire, et nous promenâmes dans les parties les plus reculées de la boutique, en écoutant de loin la voix de Bebita interrompue de temps à autre par des «*Si, si señora*» enthousiastes du marchand. Quand nous les rejoignîmes vingt minutes plus tard, Bebita se tenait toujours au milieu des cages malpropres, telle une divinité en visite, tandis que le propriétaire, assis sur un sac de graines, s'épongeait le visage. Ses «*Si, si señora*» continuaient de ponctuer le discours de Bebita, mais ils avaient perdu de leur vigueur. Tout à coup, il haussa les épaules, ouvrit les bras et lui sourit. Elle le regarda aussi affectueusement que s'il avait été son fils unique.

— *B-b-bueno*, conclut-elle, *muchísimas gracias, señor.*

— *De nada, señora*, répondit-il.

Bebita se tourna vers moi.

— Marché conclu, dit-elle.

— Très bien. Mais à quel prix?

Le chiffre était le quart de celui que j'étais prêt à payer.

— Mais, Bebita, c'est du vol, lui dis-je, incrédule.

— Non, non, mon enfant... il n'y a aucune raison de payer si cher des oiseaux qui sont très communs ici. Et puis, je vous l'ai dit, cet homme est un ange... et il est heureux de me faire un prix.

— Je capitule, mais ça vous dirait de m'accompagner lors de mon prochain voyage ? Vous me feriez faire de sacrées économies.

— Sottise, sottise, sottise, répondit-elle en riant. Ce n'est pas moi qui vous ai fait faire des économies. C'est cet homme que vous trouviez si atroce.

Je la dévisageai, puis j'allai avec beaucoup de dignité choisir mes oiseaux. Cela fait et la pile vertigineuse de cages emballées de papier kraft posée sur le comptoir, je réglai le marchand et nous échangeâmes les «*gracias*» d'usage. Je chargeai alors Bebita de demander à l'homme s'il avait des oiseaux aquatiques.

Pas d'oiseaux aquatiques, répondit-il, mais il avait autre chose, qui pourrait intéresser le señor. Il nous fit sortir par une porte au fond de la boutique qui donnait sur de minuscules toilettes. Ouvrant grand la porte, il tendit le bras vers l'intérieur et je parvins tout juste à étouffer un cri de ravissement en voyant, accroupis de chaque côté de la cuvette, deux très sales mais magnifiques cygnes à cou noir. Feignant l'indifférence, je les examinai. Très maigres, ils avaient atteint ce degré de faiblesse qui se manifeste par l'apathie et l'absence totale de crainte. Jamais, en temps normal, je n'aurais acheté des oiseaux en si mauvais état, mais je savais que c'était ma dernière chance de me procurer des cygnes de cette espèce. Et puis je me dis que s'ils devaient mourir ils méritaient de le faire dans de meilleures conditions. Je me sentais incapable d'abandonner de si beaux oiseaux dans des chiottes sordides. Bebita remonta au front ; la discussion fut âpre, mais les oiseaux me revinrent. Se posa alors le problème de leur transport car le marchand n'avait pas de cage assez grande pour eux. Avisant deux sacs par terre, nous les y plaçâmes avec la tête dehors. Les bras chargés, nous fûmes reconduits à la porte par le propriétaire. À peine étions-nous dehors que je m'inquiétai :

— Comment allons-nous rentrer à Belgrano ?

— Mais en taxi ! dit Bebita.

Un cygne sous chaque bras, je sus ce qu'avait dû éprouver Alice lors de ce match de croquet avec les flamants roses.

— Aucun taxi n'acceptera de nous prendre avec cette basse-cour… le transport d'animaux vivants est interdit. Nous avons déjà eu ce problème.

— Attendez-moi ici, je vais en trouver un, dit Bebita qui se dirigea vers la file de taxis où elle choisit le chauffeur qui avait l'air le moins commode de tous et nous le ramena.

Abasourdi, il fixa un instant les sacs d'où sortaient les têtes des cygnes, un peu comme des pythons albinos, puis se tourna vers Bebita.

— Ce sont des *bichos*, dit-il. Il est interdit de transporter des *bichos*.

Bebita lui sourit.

— Si vous *ignoriez* que nous avions des *b-b-bichos*, vous n'y seriez pour rien, expliqua-t-elle.

Le chauffeur, sous le charme, hésita, mais il n'était pas encore convaincu.

— Mais on voit que ce sont des *bichos*, protesta-t-il.

— Seulement ceux-là, dit Bebita en montrant les cygnes, et s'ils étaient dans le coffre vous ne les verriez pas.

Le chauffeur, indécis, poussa un grognement.

— Bon, ça va, mais rappelez-vous que je n'ai rien vu. C'est ce que je dirai si on nous arrête.

Les cygnes dans le coffre, et les cages empilées à l'avant, le taxi démarra dans un bruit d'ailes et de gazouillements que le chauffeur fit mine de ne pas entendre, et se dirigea vers Belgrano.

— Comment faites-vous, Bebita, pour obtenir ce que vous voulez de ces chauffeurs de taxi alors qu'ils refusent parfois de me prendre moi tout seul, sans parler d'une ménagerie ?

— Mais ce sont des amours, répondit-elle en regardant gentiment le cou de taureau de notre chauffeur. Toujours prêts à rendre service.

Je poussai un soupir. Bebita était une magicienne hors pair. Et le plus exaspérant, c'était qu'il lui suffisait de qualifier d'ange un type qui avait l'air d'un tueur en série en cavale pour qu'aussitôt il se conduise comme tel. C'était à n'y rien comprendre.

Ces acquisitions de dernière minute soulevaient de nouvelles difficultés. Nous embarquions le lendemain après-midi et devions construire une cage pour chacun d'ici là. Sur un coup de téléphone, Rafael et son frère Carlos arrivèrent à Belgrano, accompagnés de leur cousin Enrique. Sans perdre une minute, nous nous rendîmes chez un menuisier qui accepta de débiter des pièces de contreplaqué aux mesures que je lui indiquai. Titubant sous le poids, nous regagnâmes la maison de Belgrano pour nous atteler à la construction des cages. À 23 h 30, nous avions de quoi loger le quart de nos oiseaux. Comprenant que nous en aurions pour la nuit, j'envoyai Jacquie se coucher afin qu'elle soit, elle, en état de nourrir les animaux le lendemain matin. Carlos courut au bar le plus proche et en rapporta du café chaud, des brioches et une bouteille de gin. À minuit moins dix, on frappa à la porte.

— Ça, dis-je à Carlos, c'est le premier voisin qui vient se plaindre du bruit. Vas-y, toi, ce gin n'a pas dû arranger mon espagnol…

Carlos revint, accompagné d'un homme fluet, affublé de lunettes et d'un fort accent américain qui se présenta comme le correspondant du *Daily Mirror* à Buenos Aires, M. Hahn.

— J'ai entendu dire que vous aviez réussi à fuir la révolution au Paraguay et je me demandais si vous consentiriez à me raconter cette histoire.

— Bien volontiers, dis-je en avançant une caisse pour lui permettre de s'asseoir et en lui servant du gin dans une tasse. Qu'aimeriez-vous savoir ?

Il huma son gin, regarda dans la cage avant de s'asseoir et sortit son carnet de notes.

— Tout, répondit-il sans hésiter.

Je commençai donc le récit de notre voyage au milieu des coups de marteau, des bruits de scie et des jurons en espagnol lâchés par Carlos et les deux autres assistants. Au bout d'un moment, M. Hahn rangea son calepin.

— Je crois, dit-il, en ôtant son manteau et en retroussant ses manches, que je pourrais mieux me concentrer sur votre histoire si je reprenais un peu de gin et essayais de vous aider.

Ainsi, toute la nuit, carburant au gin et au café, notre petit groupe, aidé du correspondant du *Daily Mirror*, s'attela à la besogne. À 5 h 30, heure à laquelle ouvrent les premiers cafés, le travail était achevé. Nous prîmes un dernier café, et je retournai à l'hôtel me jeter sur mon lit pour essayer de reprendre quelques forces avant de partir pour le port.

Il était 14 h 30 quand notre camion se dirigea le long des docks. À 16 heures, nos permis d'exportation étaient passés entre les mains de tous y compris quelques badauds. À 16 h 30, on nous autorisa à transporter notre marchandise à bord. C'est à ce moment-là que se produisit l'incident qui faillit non seulement mettre un terme à notre voyage, mais à ma propre personne. On procédait au chargement d'énormes ballots de peaux qui, pour une raison quelconque, passaient au-dessus de la coupée que nous devions emprunter avec les animaux. Je descendais du camion avec la cage de Cai et m'apprêtais à dire à Carlos de prendre celle de Sarah, quand quelque chose de la taille d'un boulet de canon m'attrapa par-derrière, me souleva dans les airs et m'envoya atterrir la tête la première dix mètres plus loin. Ce fut un choc indescriptible. Je me retournai, toujours sans la moindre idée de ce qui m'était arrivé. Je ne sentais plus mon dos et j'avais tellement mal à la cuisse que je croyais m'être cassé quelque chose. Quand Carlos, horrifié, accourut pour m'aider à me relever, je tremblais tellement que je ne tenais pas sur mes jambes. Il me fallut cinq bonnes minutes pour me redresser et constater que je n'avais aucune fracture. Mais mes mains tremblaient toujours, au point que Carlos dut allumer pour moi la cigarette qu'il me tendait. Je m'assis pendant que Carlos m'expliquait ce qui était arrivé. Le conducteur de la grue qui soulevait du quai le chargement de peaux avait mal calculé sa manœuvre et balayé la coupée. C'est cet engin meurtrier qui m'avait heurté, mais il était heureusement en bout de course, sans quoi il m'aurait littéralement fendu en deux.

— Je dois avouer, dis-je à Carlos en tremblant encore comme une feuille, que j'attendais de Buenos Aires un autre genre d'adieu.

Une fois les animaux chargés sur le pont et recouverts d'une toile goudronnée, nous descendîmes au fumoir où nous attendaient nos amis. Nous bûmes un dernier pot et échangeâmes ces propos sans importance qui précèdent tous les départs, puis vint le moment pour eux de débarquer. Accoudés au bastingage, nous les regardâmes descendre la coupée et se regrouper sur le quai. Dans le crépuscule montant, nous distinguions encore le visage rond de Carlos et l'éclat des cheveux noirs de sa femme ; Rafael et Enrique, leur chapeau de gaucho rejeté en arrière ; Marie-René et Mercedes agitant leur mouchoir ; Maria Mercedes qui, dans cette faible lumière, avait plus que jamais l'air d'une bergère de Dresde ; puis Bebita, grande, belle et sereine. Sa voix nous parvint comme le bateau commençait à s'éloigner.

— B-b-bon voyage, mes enfants, et surtout revenez-nous !

Un dernier signe de la main et nos amis disparurent lentement dans le crépuscule, tandis que dans l'air résonnait le son le plus funèbre qui soit : le son profond et déchirant de la sirène, le son d'un bateau qui s'en va.

Remerciements

Grande-Bretagne

Notre voyage n'aurait sans doute jamais pris forme sans l'amabilité du Dr Derisi, ancien ambassadeur d'Argentine à Londres, et sans la ferveur avec laquelle il accueillit notre projet et l'aide qu'il nous apporta. Les conseils en matière de change et permis de douane qui nous furent donnés par Mr Peter Newbom, de l'ambassade d'Argentine, nous ont été infiniment précieux.

Nous remercions aussi Mr Peter Scott et le Severn Wildfowl Trust pour leur assistance et les nombreuses introductions qu'ils nous ont procurées.

Nous sommes redevables également à tous les gens de la BBC dont les noms suivent et qui nous ont prodigué leurs conseils en matière d'équipement, d'enregistrement, et ont ouvert pour nous des portes utiles : Mrs Nesta Pain, Mr Laurence Gilliam, Mr Leonard Cottrell et Mr W.O. Galbraith.

Notre arrivée à Buenos Aires fut grandement facilitée par Miss Rosemary Clifford, de l'Office central d'information d'Amérique latine.

Nous sommes également redevables à Mr Norman Zimmem de nous avoir recommandés à des personnes qu'il nous fut indispensable de connaître.

Mr A.P. Manners, de Bournemouth, a été d'une extrême obligeance en nous conseillant dans le choix de notre équipement photographique et en acceptant de développer nos films.

Tous nos remerciements à Joseph Gundry, de Bridport, pour avoir exécuté en un temps record les filets que nous lui avions commandés et qui étaient tous parfaits.

Argentine

Nous tenons à exprimer notre gratitude au señor Apold et au señor Vasquez, du ministère de l'Information. Au ministère de l'Agriculture, les personnes suivantes ont rendu possible ce qui, sans leur concours, ne l'eût pas été : señor Hogan, ministre de l'Agriculture, Dr Lago, secrétaire général, et Dr Godoy, du service de la Conservation des animaux, qui nous ont aidés à obtenir les permis nécessaires.

Nous ne pouvons que nous louer de la courtoisie et de l'efficacité de tous les officiels au cours de notre séjour en Argentine – il en est de même du personnel de l'aéroport, des docks et des douanes.

La direction de la douane, en accordant les licences d'importation et d'exportation à l'équipement considérable que nous transportions, se montra infiniment précieuse.

Nous exprimons nos remerciements, d'abord à l'ancien ambassadeur de Grande-Bretagne, sir Henry Bradshaw-Mack, K.G.M.G. ; puis au premier secrétaire,

Mr Allen; Mr Stephen Lockhart, chancelier; Mr King, consul général; et Mr Leadbitter, premier secrétaire à l'information. Des remerciements tout particuliers vont à Mr George Gibbs, homme d'une patience inépuisable – le plus précieux secrétaire adjoint à l'information qu'ambassade ait jamais possédé. Ne reculant devant aucun des problèmes si éloignés de ses fonctions, tels que nourrir au biberon un bébé tamanoir parqué dans un aéroport ou dénicher le grillage métallique le moins cher – il fut pour nous d'un immense secours et nous lui serons à jamais reconnaissants. Nous ne voudrions pas oublier, à l'ambassade également, Mr Kelly et Mr Roquet qui débrouillèrent nos problèmes de photos et aplanirent les questions de bagages.

Nous tenons aussi à remercier Blue Star Line dont les bateaux ont accepté de transporter nos animaux. Mr Wilson, le directeur, et Mr Fraser, chargé du service des passagers à Buenos Aires, n'ont rien négligé pour nous rendre service. Le capitaine de l'*Uruguay Star*, ainsi que tout l'équipage allèrent jusqu'à se détourner de leur route pour rendre notre voyage de retour plus agréable.

Il est impossible, tant fut générale la gentillesse rencontrée en Argentine, de citer tous ceux qui nous l'ont prodiguée. Nous remercierons donc seulement : Mrs Lassie Greenslet, qui mit si gentiment à notre disposition son appartement de Buenos Aires, dont nous usâmes avec tant d'indiscrétion qu'elle aurait été en droit de se demander si nous le quitterions jamais. Sa sœur, Mrs Puleston, si pleine d'amabilité à notre égard ; nous sommes également très redevables à sa nièce, Miss Ada Osborn, qui nous obtint quelques spécimens rares.

Mr Ian Gibson, qui fut notre guide et notre assistant. Nous sommes reconnaissants à Mr et Mrs Boote ainsi qu'à leur famille pour nous avoir permis de séjourner dans leur merveilleuse *estancia* et aidés dans notre mission avec tant d'enthousiasme. Mr Donald McIver dont l'assistance nous fut précieuse en matière de transport. Mr William Partridge, du musée d'Histoire naturelle, auquel nous devons nombre d'informations sur la répartition des oiseaux et qui mit à notre disposition ses merveilleuses collections de peaux rassemblées à travers l'Argentine. Mr Carr-Vernon, de la Western Union, qui nous a facilité beaucoup de choses.

Pourrons-nous jamais remercier comme il le faudrait Maria-Mercedes De Soto-Acebal, son mari et leur famille, pour toute l'amabilité qu'ils nous ont témoignée durant notre séjour en Argentine ? Sans leur jeune fils Rafael, notre visite au Paraguay eût été certainement beaucoup moins fructueuse. La famille entière, d'ailleurs, n'a épargné ni son temps ni sa peine et tous furent à la fois des assistants et des amis précieux.

Quant à Bebita Fanny de Llambi de Campbell de Ferreyra, son mari et leur famille, ils nous ont traités comme seuls peuvent le faire de véritables amis ; nous sommes redevables à Bebita de la joie de notre séjour argentin et je crains de l'avoir payée de ses bontés de façon assez peu charitable par le portrait que j'ai tracé d'elle. Son frère, Boy de Llambi de Campbell, et sa femme Bebe, charmants eux aussi, nous ont beaucoup aidés dans l'aventure du Paraguay.

Nous tenons à adresser nos remerciements au président et aux dames du Twentieth Century Club de Buenos Aires pour leur hospitalité et aussi pour le courage dont ils ont fait preuve en m'invitant à faire une causerie.

Je tiens à mentionner tout spécialement les nombreux péons et autres travailleurs de Los Ingleses et de Secunda, et à leur dire combien nous leur sommes reconnaissants.

Paraguay

Au Paraguay, nous aimerions remercier le capitaine Sarmaniego et le señor Axxolini, qui nous ont aidés si aimablement.

Nous tenons aussi à remercier Braniff Airways qui assura de façon magistrale notre départ du Paraguay. J'en viens à la dernière personne, dont le rôle ne fut pas le moindre, ma secrétaire Sophie, qui, sans avoir partagé les plaisirs du voyage, s'est chargée de la tâche ingrate que représentait la préparation de ce manuscrit.

Table

Message de la Fondation Durrell

L'histoire de Gerald Durrell ne se termine pas à la fin de ce livre. Au-delà de son voyage en Amérique du Sud en 1954, le naturaliste a consacré sa vie à la préservation de la diversité et de la richesse de la vie animale sur notre planète.

Gerald Durrell est mort en 1995 mais son œuvre se poursuit grâce aux efforts inlassables de la Durrell Wildlife Conservation Trust – la Fondation Durrell pour la Protection de la Vie sauvage.

De nombreux lecteurs, au fil des années et des expériences rapportées par Gerald Durrell dans ses livres, ont voulu ajouter un chapitre à son histoire en soutenant les activités de sa Fondation. Nous espérons qu'il en ira de même pour vous, tant la vie et les écrits de Gerald Durrell sont un défi qu'il nous lance.

« Les animaux, disait-il, représentent cette grande majorité qui ne peut ni voter, ni faire entendre sa voix, et dont la survie ne dépend que de nous. »

Notre espoir est que votre intérêt pour la protection de la faune ne s'éteindra pas lorsque vous aurez tourné cette page. Écrivez-nous et nous vous dirons comment participer à notre combat pour les espèces en voie de disparition.

POUR PLUS D'INFORMATIONS, OU POUR ENVOYER UN DON :

Durrell Wildlife Conservation Trust
Les Augrès Manor
Jersey, English Channel Islands, JE3 5BP
Royaume-Uni

Email: info@durrell.org
www.durrell.org

CET OUVRAGE A ÉTÉ ACHEVÉ D'IMPRIMER SUR ROTO-PAGE PAR L'IMPRIMERIE FLOCH À MAYENNE EN MAI 2022, POUR LE COMPTE DE LA TABLE RONDE, 26 RUE DE CONDÉ, PARIS 6e.

ISBN 979-10-371-1076-3.
N° d'édition : 542555.
Dépôt légal : juin 2022.
N° d'impression : 100485.

Imprimé en France.